Aquilo que ninguém vê

ANDREA VIVIANA TAUBMAN E ANNA CLAUDIA RAMOS
Ilustrações de Carol Rossetti

Editora
do Brasil

Dados Internacionais de Catalogação na Publicação (CIP)
(Câmara Brasileira do Livro, SP, Brasil)

Taubman, Andrea Viviana
　　Aquilo que ninguém vê / Andrea Viviana Taubman e
Anna Claudia Ramos ; ilustrações de Carol Rossetti. --
São Paulo : Editora do Brasil, 2018. -- (Histórias da história)
　　ISBN 978-85-10-06812-3
　　1. Ficção juvenil I. Ramos, Anna Claudia.
II. Rossetti, Carol. III. Título. IV. Série.

18-17340　　　　　　　　　　　　CDD-028.5

Índices para catálogo sistemático:
1. Ficção: Literatura infantojuvenil　　028.5
Maria Alice Ferreira - Bibliotecária - CRB-8/7964

Texto © Andrea Viviana Taubman e Anna Claudia Ramos
Ilustrações © Carol Rossetti

Direção-geral: Vicente Tortamano Avanso

Direção editorial: Felipe Ramos Poletti
Supervisão editorial: Gilsandro Vieira Sales
Edição: Paulo Fuzinelli
Assistência editorial: Aline Sá Martins
Coordenação de arte: Maria Aparecida Alves
Produção de arte: Obá Editorial
　　Design gráfico: Mayara Menezes do Moinho
Supervisão de revisão: Dora Helena Feres
Revisão: Maria Alice Gonçalves

1ª edição/8ª impressão, 2025
Impresso na Gráfica Elyon

Avenida das Nações Unidas, 12901
Torre Oeste, 20º andar
São Paulo, SP – CEP: 04578-910
www.editoradobrasil.com.br

Agradecimentos

A Marcelo Pellegrino, pela
disponibilidade incondicional
em nos ajudar.

A Bernardo Carneiro Horta,
pela generosidade em
compartilhar informações.

A Eduardo Carvalho Monteiro,
por sua pesquisa impecável.

A Patrícia Helena Veríssimo Braga,
pela "ponte" com as filhas de Anália.

Ao Sr. Paulo, Sr. Cipriano e à Lara,
velhos amigos que já não estão entre nós,
por tantos ensinamentos.

Para a memória de Anália Franco,
a grande dama da educação brasileira.

O único efeito que eu desejo produzir em
o que escrevo é este: fazer com que os que
me leem fiquem mais aptos para *imaginar*
e para *sentir* as alegrias e as dores até
daqueles mesmos com quem nada mais
tenham de comum senão a condição de
criaturas humanas sujeitas ao erro, sujeitas
à dor, sujeitas à luta cruel da vida!

Anália Emília Franco,
in: *A filha do artista*

Capítulo 1

ÚLTIMA CHAMADA

PASSAGEIROS DO VOO 507 COM DESTINO A FRANKFURT E CONEXÕES, ESTA É SUA ÚLTIMA CHAMADA.

Aeroporto Internacional de Guarulhos, SP, maio de 2017, 23h50, terminal 3, portão 306. Embarque para Frankfurt com conexão para Oslo. O voo estava atrasado.

De repente, um choro estridente de bebê acordou dois homens adormecidos em suas cadeiras na sala de embarque. Consultaram o painel que anunciava as chegadas e partidas. O letreiro piscando em vermelho anunciava a última chamada. Enquanto a mãe amamentava o bebê, os dois homens saíram afoitos carregando suas mochilas e pastas o mais depressa possível para não perder o voo.

Viajavam a trabalho. Não podiam se dar ao luxo de não pegar o avião de maneira alguma. O que os esperava do outro lado do oceano representaria mudanças importantes nos rumos profissionais de cada um deles.

Do alto-falante anunciavam o nome dos passageiros que ainda não haviam embarcado.

ATENÇÃO PASSAGEIROS ANDRÉ LUIZ FRANCO E BENJAMIN SORENSEN, APRESENTEM-SE IMEDIATAMENTE NO PORTÃO NÚMERO 306. ÚLTIMA CHAMADA.

Os dois homens, visivelmente cansados, que corriam na direção do embarque pararam abruptamente ao ouvir os nomes. Em uma fração de segundos se olharam. Também em uma fração de segundos, que não poderia se estender, os dois homens olharam para trás ao mesmo tempo e na mesma direção. Ouviram seus nomes novamente.

ATENÇÃO PASSAGEIROS ANDRÉ LUIZ FRANCO E BENJAMIN SORENSEN, APRESENTEM-SE IMEDIATAMENTE NO PORTÃO NÚMERO 306. ÚLTIMA CHAMADA.

Ao ouvir seus nomes pela segunda vez, quase que instantaneamente, sentiram um aperto no peito. Ansiedade. Surpresa. Angústia. Tudo ao mesmo tempo. Pensamentos desconexos em dois momentos e duas mentes. Presente e passado. Um portal, apenas perceptível pela intuição, abriu um túnel no espaço-tempo de cada um.

"Benjamin Sorensen?! Não! Não pode ser... Será que tem outro no mundo? Ou será 'o' Benjamin Sorensen? Ah! Bobagem, deve ser um nome supercomum na Dinamarca, tipo José da Silva aqui no Brasil."

O que André Luiz nem imaginava é que, pela cabeça de Benjamin Sorensen passava a mesma pergunta: "André Luiz Franco? Será 'o' André Luiz? Não! Não pode ser... Deve ter um monte de gente com esse nome e sobrenome neste país".

Chegaram ao portão de embarque esbaforidos e entregaram seus documentos para o atendente da companhia aérea. Olharam-se. Cada um tentou reconhecer traços da infância na fisionomia do homem que estava ao lado. Dúvidas.

Entraram no avião com os cartões de embarque e passaportes em mãos. André Luiz viu a cor diferente do passaporte de Benjamin. Seu coração disparou. Seguiram pelo corredor na mesma direção, procurando pelos assentos. O voo estava lotado, apenas aguardando os dois últimos passageiros. Quis o destino que ambos viajassem lado a lado, na parte esquerda do avião, onde só havia duas poltronas. O encontro era inevitável.

Instintivamente, Benjamin olhou para a mão direita de seu vizinho de poltrona, que estava sentado na janela. "Bobagem, é só uma coincidência", pensou.

André Luiz evitou olhar para Benjamin, mas percebeu que aquele inesperado companheiro de viagem o observava.

Nenhuma palavra foi trocada até o jantar ser servido. Do lado de fora do avião, a noite. Do lado de dentro, um turbilhão de sentimentos tomava conta dos inusitados companheiros de voo.

Capítulo 2

MAIS PESADO QUE O AR

André Luiz recebeu sua refeição vegetariana. Não comia carne desde a morte de sua esposa. Benjamin optou pelo prato com frango. Ambos pediram vinho. Comeram em silêncio, sem trocar um só olhar.

Quando o comissário de bordo ofereceu mais bebida, um solavanco no avião acabou derrubando água nos dois. Não houve tempo para reclamações. Em questão de segundos, o avião entrou numa área de intensa turbulência. André Luiz e Benjamin se olharam aflitos. O comissário havia saído para atender uma passageira que chorava apavorada.

Passado o primeiro susto, os dois viram suas calças molhadas e começaram a rir. André Luiz não conseguiu segurar o comentário:

– Parece até que fizemos xixi nas calças. Coisa de criança.

– Pois é... coisa de criança. Engraçado... tive um colega de escola, logo que cheguei ao Brasil, chamado André Luiz.

Desculpe, não tive como deixar de ouvir seu nome. É você o André Luiz da última chamada, não é?

André Luiz gelou. Imediatamente voltou no tempo. Outono de 1973. A turbulência do voo ficou ínfima perto da turbulência interna. A única coisa que veio em seu pensamento foi: "Por que a vida colocou logo o Benjamin Sorensen sentado ao meu lado depois de tantos anos?".

Benjamin ficou aguardando uma resposta, entre nova sequência de solavancos. O silêncio pairava denso no ar. O avião entrou num vácuo, causando pânico entre os passageiros, que gritavam sem parar. Sem nem se dar conta, Benjamin segurou na mão de André Luiz. Sentiu a cicatriz.

– Sou eu mesmo – respondeu André Luiz, com uma voz que remetia a outro tempo e outra situação.

Enquanto todos gritavam, ele quase sussurrava. As mãos transpiravam um suor gelado, que não tinha a ver com o vácuo em que o avião havia caído.

Em poucos minutos, quando o comandante avisou que a turbulência havia acabado, Benjamin comemorava aquele encontro.

– Nossa, que coincidência! Que incrível isso! O primeiro menino que conheci quando cheguei ao Brasil!

André Luiz observava a empolgação de Benjamin, sem deixar transparecer o que sentia.

– E você está indo para Oslo mesmo ou vai para outra cidade?

André Luiz ainda estava em dúvida se queria passar o voo conversando com "aquele" Benjamin Sorensen. Precisaria mesmo reabrir uma ferida tão antiga? Não teve opção. Benjamin estava exultante com o reencontro e não parava de falar.

– Então, afinal: você vai para Oslo ou para outra cidade? Estou indo para lá apresentar um trabalho sobre Bioética no Congresso Internacional de Reprodução Assistida. Sou advogado especialista nesse assunto, confesso que estou ansioso para conhecer outros trabalhos sobre o tema e ouvir colegas de diferentes países. Tenho esperança de encontrar parceiros para desenvolver um projeto com que venho sonhando há muito tempo, mas ainda não achei a equipe adequada.

André Luiz não queria acreditar que aquilo estava de fato acontecendo. Ficou estarrecido. Além daquele homem ser "o" Benjamin de sua infância, estava indo para o mesmo congresso! Não seriam apenas as horas do voo que o obrigaria a conviver com a imagem atualizada do seu passado. A infância voltava, remexendo um tempo que ele não gostava de lembrar. Doía e assustava mais do que a queda no vácuo. Tentou se recompor e responder o mais natural possível. Ele não sabia mais nada sobre a vida de Benjamin. Em quem ele teria se transformado na vida adulta?

– Veja que coincidência – aliás, mais uma! –, estou indo ao mesmíssimo congresso que você. Vou apresentar minha pesquisa sobre fibrose cística e infertilidade. Sou geneticista.

– Você é médico? Sério? E pesquisador? Que espantosa quantidade de coincidências!

– Sim, são muitas coincidências em tão pouco tempo. E sim, sou médico e pesquisador.

– Acho que não vou nem precisar chegar ao congresso para começar a montar a equipe dos sonhos para desenvolver o projeto interdisciplinar de que estava falando ainda há pouco. Pelo visto, apesar da água e dos solavancos, hoje é meu dia de sorte! E ainda por cima, ao que tudo indica, meu mais novo futuro sócio foi meu coleguinha de jardim de infância! – disse sorrindo, animadíssimo.

André Luiz estava tão sem reação diante de tudo o que estava acontecendo que mal conseguia esboçar qualquer expressão. Sentia-se desconfortável com aquele homem que ele mal conhecia e se apresentava com uma familiaridade que o desconcertava. Ouvir Benjamin chamá-lo de coleguinha de jardim de infância disparou nele uma reação inesperada, como se a ferida na mão tivesse reaberto. Lembrou de sua avó Aurora, que dizia que memórias ficam abertas mais tempo que feridas. E doem mais. Muito mais. A introspecção de André Luiz contrastava com a empolgação e a intimidade que Benjamin explicitava.

A habitual polidez do médico cedeu lugar a uma fala entalada por décadas.

– Talvez você ache um exagero o que eu vou dizer agora, mas não é, porque a sua mordida acabou antecipando muitas mudanças na minha vida e na vida da minha família. A sua vida não deve ter mudado nada! Quem bate, nunca lembra. No seu caso, quem morde, né? Acontece que quem apanha ou é mordido fica marcado para sempre. Eu era um menino, mas isso ficou muito marcado não só na minha mão, mas em tudo que veio depois.

Benjamin não entendeu nada. Por que aquele homem elegante e educado estava se colocando daquela maneira? Jamais passaria por sua cabeça que algo acontecido entre duas crianças de quatro anos, há décadas, pudesse desencadear tal reação. Calou-se. Achou conveniente esperar que André Luiz voltasse a falar. Estava disposto a ouvir seu relato sem interrompê-lo.

André Luiz respirou, buscando se reequilibrar. Percebeu que a pergunta tinha sido feita para o adulto e respondida pelo menino de quatro anos. Pediu desculpas e continuou com um tom de voz mais pausado. Olhou nos olhos do companheiro de viagem e disse:

– Já que o destino nos juntou neste avião lotado, neste voo tumultuado, e não podemos nem afrouxar os cintos de segurança, proponho que passemos nossa história a limpo, até porque, a esta altura do campeonato, nenhum de nós vai conseguir dormir.

– Mas, afinal, o que aconteceu? Eu só me lembro de você ter sumido da escola e ninguém ter me explicado o porquê. Passei muito tempo esperando que voltasse... considero você, até hoje, o primeiro amigo que fiz quando cheguei ao Brasil.

– Você queria ser meu amigo me mordendo?

Outra vez, quem reagia era a criança agredida e não o adulto sensato.

Benjamin continuava sem entender o que André Luiz estava dizendo. Ao que ele se referia, exatamente?

– Como assim? Claro que eu queria ser seu amigo! Nós éramos crianças e eu tenho a impressão de que me sentia muito feliz perto de você! Por favor, me explique o que aconteceu, porque não faço a menor ideia do que você está falando.

Apesar de estarem lado a lado, confinados no mesmo ambiente, um oceano inteiro os separava. Diante da mesma situação, cada um sentia algo completamente diferente em relação àquele encontro. A mesma cena era observada por ângulos singulares.

André Luiz procurou reorganizar as ideias antes de começar o relato.

– Você está preparado para ouvir o que eu tenho a dizer? Temos horas pela frente até pousarmos. Assim espero...

– Tomara mesmo: de sustos, solavancos e calças molhadas, por hoje estamos bem – disse Benjamin, tentando descontrair o clima da conversa.

Honestamente, Benjamin não fazia a menor ideia do que André Luiz teria para contar. A única lembrança que tinha desse episódio era o sumiço do garoto que ele queria ser amigo na nova escola, no novo país. O sorriso de André Luiz era a memória mais acolhedora daqueles primeiros dias de aula no jardim de infância.

André Luiz precisaria narrar a trajetória de sua família juntando suas próprias memórias a todos os detalhes que conhecia pelos relatos das mulheres: a avó, a mãe e a irmã Analinha.

Eram muitas histórias entrelaçadas, que atravessaram séculos. Precisaria organizar bem suas emoções para não se perder em tantos detalhes.

Naquele instante, percebeu que contar sua história a Benjamin seria a oportunidade de passá-la a limpo para ele mesmo. Ou, como diria Analinha, essa seria uma chance de ressignificar a vida.

Foi assim que aconteceu...

Capítulo 3

UM VÉU DE DESÂNIMO

Às 17h30 da segunda-feira de 9 de abril de 1973, Analinha já tinha roído todas as unhas das mãos, algumas até quase sangrar. O dia não tinha sido nada bom. Nem nos piores pesadelos imaginou que aquele menino que não falava nem entendia português poderia ter sido tão malvado com seu irmão. Não concebia que crianças pequenas pudessem ser cruéis, ainda mais aquele menino com cabelo quase branco, de cachinhos, parecido com um anjinho.

Benjamin era o nome do garoto. Ela também descobriu que ele não tinha irmãos, pelo menos não na escola. Queria entender. Por quê? Por que o garoto tinha mordido logo seu irmão, que era tão calmo?

Um véu de desânimo e um ninho de passarinho de tristeza flutuaram sobre a cabeça de Analinha naquele instante. Sem vontade de conversar, só olhava a fila do jardim de infância no início da quadra, onde seu irmãozinho esperava com um curativo na mão gorda que cobria o dorso e a palma.

Olhou para o portão e viu a avó Aurora chegando, bonitona e arrumada, como todas as tardes quando ia buscá-los na escola. Chegou com o triciclo novo, que tinha um banquinho para ela levar o Dedé na garupa.

– Oi vó, que bom que você chegou! E trouxe meu triciclo novo! – mas assim que passou a alegria da novidade, murchou. – Hoje o dia foi esquisito. Já viu o que aconteceu com o Dedé?

– Sim, Analinha. Mas espere a vovó só um pouquinho. Preciso conversar com a Vera.

– A Vera diretora, vó? Eu fiz alguma coisa errada? Foi ela que chamou você aqui?

– Foi ela que me chamou sim, querida. Cuide do seu irmão, por favor. O assunto não tem nada a ver com você. Vera vai explicar o que aconteceu com Dedé. Só isso – respondeu a avó, ao mesmo tempo preocupada e querendo aliviar a aflição da menina.

A sala da diretora era moderna e elegante. Nas paredes, retratos da época da fundação da escola, na década de 1950.

A diretora recebeu Aurora na porta e ofereceu-lhe uma poltrona para que se sentasse. Era a primeira vez que entrava nessa sala. Analinha, excelente aluna, responsável e tranquila, nunca havia dado motivo para que a família fosse chamada à escola, e André Luiz não dava trabalho para a professora.

– Aceita um café, uma água?

– Sim, obrigada. Vera, o que aconteceu com meu neto esta tarde?

– O que posso fazer é relatar os fatos e pedir sinceras desculpas. Recebemos esta manhã um aluno novo, dinamarquês. Benjamin não fala uma só palavra de português nem de inglês, portanto ainda não conseguimos entender o que se passou. A única coisa que sabemos é que, logo que as crianças se deitaram para a soneca depois do almoço, o menino mordeu seu neto em um gesto repentino e inesperado. Estamos aguardando a chegada da sra. Sorensen, sua mãe, para tentarmos compreender o que motivou Benjamin a morder André Luiz.

– Mas meu neto fez alguma coisa que pudesse ter motivado essa agressão?

– Não que tenha chegado ao meu conhecimento.

– Tenho dó do meu neto, mas me coloco no lugar desse menino. Deve estar assustado com tanta novidade. Talvez seja o choque da mudança. A senhora imagina, tudo novo, sem entender uma única palavra do que se fala.

A diretora olhou para aquela mulher com admiração e certo alívio. Conhecia sua história de pioneirismo na medicina; sua dedicação e competência numa profissão dominada por homens. Sua postura e seu bom senso impressionavam. Ao invés de exigir providências imediatas, tentava entender os motivos do garoto estrangeiro.

– Diretora Vera, vamos aguardar os esclarecimentos. Agora é hora de cuidar da mão e do coração machucados do meu neto. Até logo.

Despediram-se e, por ora, o assunto parecia encaminhado. Restava aguardar a vinda da sra. Sorensen para tentar juntar as peças daquele quebra-cabeça.

Capítulo 4

MAS, VÓ!!!

Analinha pedalava o triciclo novo com Dedé na garupa. Ele ia choroso, segurando a mãozinha machucada. A irmã estava inconformada com o acontecido.

— Vovó, estou com vontade de socar aquele garoto que machucou meu irmão! E não dá pra entender nada do que ele fala, aquele chato! Ele parece transparente de tão branco! Bem que ele podia desaparecer!

— Analinha! Isso não é jeito de falar dos outros sem saber o que aconteceu. Sim, entendo que você queira defender seu irmão. Você é a irmã mais velha, Dedé é pequeno, está machucado, mas isso não lhe dá o direito de julgar ou ofender o menino.

— Mas, vó!!! Você acha justo a gente ficar sem fazer nada? Esse Benjamin mordeu o Dedé. Tirou sangue da mão do meu irmão! Ele é malvado! Ele é uma peste!

— Analinha, alto lá. Não sabemos nada sobre esse menino e sua família. Nem sabemos em que condições eles tiveram que sair de seu país. Você consegue imaginar como é chegar num lugar que você não conhece ninguém nem entende nada do que falam?

Ao dizer isso, Aurora se lembrou imediatamente de sua tataravó, trazida para o Brasil em condições insalubres. Mas Analinha ainda não sabia nada sobre essa história.

– Mas, vó!!! Você tá defendendo esse garoto? Não era pra você defender o Dedé?

– Querida da vovó, não é questão de defender ninguém. A questão é tentarmos entender o motivo que levou o Benjamin a morder seu irmão para explicar a Dedé o que aconteceu e ele não ficar com o coração mordido também.

Analinha seguia revoltada. Amava a avó e o irmão e não queria que nada de ruim acontecesse a eles.

Capítulo 5

PERPLEXO

— Nossa, que coisa fantástica você se lembrar disso tudo de maneira tão intensa!
– Você nem imagina quanto, Benjamin... – respondeu ensimesmado.

Na verdade, André Luiz sabia de tudo com tanta riqueza de detalhes, porque havia passado a infância e a adolescência pedindo para sua avó contar e recontar a história de sua família, especialmente, os detalhes da separação dos pais e todas as mudanças geradas a partir desse fato. Ter pais separados na década de 1970 não era comum e nem corriqueiro como nos dias de hoje. Crescer com esse estigma era um desafio constante na vida de uma criança. Além disso, André, como quase todas as crianças pequenas, passou muito tempo sentindo que a culpa da separação dos pais era dele. Foram anos de terapia para fazer as pazes com seu passado.

– André, você se importaria de dividir um pouco mais dessa história comigo?

– Essa história faz parte das memórias da minha família, Benjamin. E, sabe? Aprendi que memórias ficam abertas mais tempo do que feridas. Sábias palavras de minha avó Aurora.

– Sua avó... adoraria ter convivido com ela. Deve ser uma pessoa incrível.

– Minha avó não está mais entre nós. Sinto uma falta enorme dela. Se foi há dez anos, mas segue viva em mim todos os dias. Minha avó era uma pessoa de rara sabedoria. Quase tudo que sei de bom sobre a vida aprendi com ela. Seu senso de justiça e sua disponibilidade em acolher eram extraordinários. Se estou tolerando este nosso encontro e não tenho vontade de te esganar, é graças a ela.

– Obrigado, vó Aurora, por não deixar seu neto me esganar neste voo que já está tão conturbado!

– Por favor, não faça esse tipo de brincadeira. Isso tudo é muito sério para mim.

– Desculpe, André Luiz, só quis que relaxasse um pouco. Minha intenção não foi ofendê-lo. Não imaginei que essa brincadeira fosse incomodar tanto...

– Talvez você não tenha ideia de como estas lembranças mexem comigo. Se soubesse, não brincaria com esse tipo de coisa.

– Mas, do que estamos falando exatamente, André Luiz? Toda essa dor que você está demonstrando não pode ser fruto apenas de uma mordida de crianças de jardim de infância!

– Não. De fato, não se resume a uma mordida. Nem mesmo a essa cicatriz que carrego comigo até hoje. Vai muito além. Está disposto a tentar entender sem fazer piadinhas?

Benjamin teve a exata percepção de que, naquele momento, qualquer coisa que dissesse poderia soar errado para André Luiz, causando ainda mais embaraço. Preferiu apenas assentir com a cabeça e fez um gesto como dizendo: conte! Sou todo ouvidos!

– Então se prepare. Você não disse que queria ter convivido com a minha avó? Tudo o que vai ouvir a partir de agora foi contado por ela. Espero que você consiga perceber o que sua mordida fez.

Capítulo 6

O MOTIVO QUE NOS TROUXE ATÉ AQUI

André Luiz lembrou-se da geladeira vermelha Frigidaire da cozinha da avó Aurora. De repente se viu criança, calçado com tênis Conga azul-marinho e vestido com jardineira de brim, e começou a narrar a Benjamin tudo que foi se lembrando.

Brincava com seus carrinhos no corredor do apartamento, enquanto sua irmã e sua avó conversavam na cozinha. A conversa parecia tratar de assuntos muito sérios.

– Analinha, entendo muito bem o que você está sentindo neste momento. Mas sem saber de onde viemos, fica mais difícil perceber para onde devemos ir. É diferente quando compreendemos o motivo que nos trouxe até aqui.

– Aqui onde, vó?

A avó riu da pergunta tão direta da neta, que nunca aceitava meias respostas.

– Então vó! Responde! Aqui onde? Na cozinha? Você não disse que ia me ensinar a fazer o bolo de milho da sua avó Amélia?

A avó riu alto desta vez. E antes que Analinha ficasse mais brava, respondeu:

– Sim, amor. Viemos à cozinha fazer o bolo. E enquanto estamos aqui e seu irmão brinca um pouco, vou começar a contar a história da viagem que trouxe minha tataravó ao Brasil, no século passado.

– O quê? Tataravó? Eu nem sabia que você tinha isso!

– "Isso", Analinha? Mais respeito!

– Mas, vó... o que é uma tataravó? É um monte de avós?

A avó Aurora não se conteve e abraçou Analinha. A menina era mesmo adorável na sua simplicidade e curiosidade de criança.

– Tataravó é assim: é a avó da minha avó.

– Nossa! Ela deve ser muito velhinha, coitada!

– Se estivesse viva, teria 143 anos. Mas ninguém vive tanto assim, não é? Ela nasceu em 1830 e chegou ao Brasil em 1844.

– Mas onde ela morava antes? E por que ela veio pra cá? E como você sabe tudo isso? Foi ela que te contou?

– Calma, Analinha! Uma pergunta de cada vez. E vá peneirando a farinha enquanto a vovó explica tudo.

Analinha fez um bico, mas sabia que era hora de ficar quieta para ouvir a história sem interromper. A avó dava amor e disciplina na mesma proporção.

Capítulo 7

KALUNGA GRANDE

— Vamos por partes. Quem me contou esta história foi minha avó Amélia, mãe da minha mãe Amazília. Nossas histórias sempre foram contadas pelas mulheres.

— Mas, vó! Não tem homem nesta família, não? Só tem mulher contando tudo?

— Analinha, ouça com atenção ao que sua avó vai contar agora para você entender qual o papel de cada pessoa nesta história, que também é sua. Um dia, você será a narradora de tudo isso.

Desta vez, a menina ficou quieta. Que história tão importante seria essa, se ela nem tinha completado nove anos?

— Vamos voltar muito no tempo para começar este relato. Em 13 de maio de 1888, a Princesa Isabel assinou a Lei Áurea. Você já aprendeu isso na aula de Estudos Sociais, não é?

— A professora disse que a gente vai aprender na semana que vem, mas ainda não explicou. Você vai me contar isso, vó? Oba!!! Vou aprender e saber responder todas as perguntas antes das outras crianças!

– Analinha, por favor! Não é bonito tirar vantagem e ser melhor do que os outros. É muito mais importante tentar ser a cada dia, melhor do que você mesma, sem se preocupar em fazer comparações.

Analinha fez cara de desentendida, embora soubesse que a avó tinha razão, porque essa era uma fala recorrente na família.

– Voltando: minha tataravó se chamava Sange. Ela foi capturada grávida e colocada num navio negreiro. Minha avó Amélia nunca se esqueceu das histórias que sua mãe, que se chamava Benedita, lhe contava. Sange sofreu muito durante a travessia da África para cá. Ela gostava de cantar e contar histórias. Benedita cresceu ouvindo que sua mãe era linda, e sua voz suave ecoava por toda a aldeia onde havia nascido e crescido. Durante a viagem, ela não cantou. Chegando à fazenda para onde foi vendida, aos poucos recuperou sua voz. Todas as crianças da senzala conheciam sua história e parece que até a Sinhazinha se emocionava quando a ouvia. E, minha querida, aprenda uma coisa importante: só conseguimos amar o passado se formos capazes de peneirar os ingredientes da dor, para que apenas os ingredientes do amor entrem na massa do bolo a ser assado.

Mesmo não entendendo muito bem o que a avó quis dizer com aquelas palavras, Analinha prosseguiu ouvindo a história sem fazer perguntas. Queria muito segurar a mão da avó para encostá-la no seu rosto. Toda vez que ficava triste ou contrariada, o calor desse carinho era capaz de tranquilizá-la. A avó percebeu que a menina pedia colo e a aconchegou num abraço de almofadar o chão mais duro que pudesse existir. Sentiu o perfume de alfazema dos cabelos da neta e começou a contar erguendo os olhos em busca de um tempo há muito acontecido. Imaginava o rosto daquela que jamais tinha visto. Pensava em como seria sua boca e sua voz. Gostava de contar essa história como se ela, Aurora, vestisse a pele de sua tataravó Sange. Foi assim que havia contado para sua filha Ana e agora teria de contar para sua neta.

– Minha querida, vamos brincar de faz-de-conta? Agora, você vai imaginar que eu sou a Sange narrando esta história. É como se estivéssemos no teatro. Eu vou ser a atriz e você, a plateia.

"Noite escura. Sem lua, sem estrelas. Noite quente. Eu sentia o peso do ar nos ombros. O suor escorrendo espesso pelos braços, pelas pernas.

Insetos voavam e era fácil ouvir o zum-zum-zum das moscas. Noite quente. Sem uma brisa para refrescar. Noite de pesadelos. Aparições. Presságios.

Se não estivesse de barriga, talvez nada disso me incomodasse. Com seis luas cheias me sentia ofegante. Daquela barriga nasceria um bebê bem grande e forte: um guerreiro da minha nação – saberia tudo sobre caça, planta, céu e mar. Filho. Sentia seu cheiro, intuía sua voz, adivinhava a maciez de sua pele. Era menino. Eu tinha certeza.

Eles entraram na mata e chegaram à aldeia. Eram os guerreiros da tribo rival. Fomos capturados, enlaçados, amarrados. Mulheres, homens, jovens, crianças. Como coisas, vendidos nas feitorias do litoral.

Bem cedo, na manhã do dia seguinte à noite quente, nos levaram até um navio. Outros nos esperavam. Tinham objetos que disparavam fogo. Falavam outra língua. A pele era de outra cor. Usavam panos estranhos. Nossas lanças não serviriam para aplacar a fúria do bambu de fogo que eles usavam.

Senti uma mão no meu pescoço. Minhas mãos sendo presas, meu pescoço também. Quis chorar, mas só pensava no meu neném.

Meu neném, sonhei tantas coisas boas e bonitas para você. Sonhei embalar seu sono, cantando canções na nossa língua ancestral. Sonhei correr com você pelas matas, meu neném. Mas, nesta manhã, meu sonho mudou. A praia, a embarcação...

No navio negreiro, no navio tumbeiro, seremos eu e você. Nada vai te machucar, meu neném. Nem essa madeira bruta no meu pescoço, essas correntes que prendem minhas mãos e pernas. As grades que me cercam. Minhas mãos, meu neném, vou cuidar para acariciar sua pele macia de filhote novinho. Meu peito vai alimentar sua fome, matar sua sede e seu medo de estar só neste mundo.

Porão sujo. Correntes pesadas. Ar, não tem. Só tem cheiro de morte. Só tem choro de dor, meu neném. Não tem água para sua mãe, leite também não terá. Sua mãe geme de saudade, de pavor. Pedaços de gente, pedaços de carnes, pedaços de quê? De que, meu neném?

Pedaços de um povo, de uma aldeia — pequena aldeia da costa da África. Onde tudo começa, onde tudo se acaba.

No mar, na areia, nas ondas e no porão. O porão é quente, mais quente que a noite do presságio. Balança sem parar, meu neném. Balança minhas tripas. Balança e esparrama por todos os lados meu vômito quente. Vômito de quê? De líquido amarelo, espesso de fel, que sai de mim, mas não fere você, meu neném.

Passam-se os tempos, não tem dia nem tem noite. Tudo é escuro, sujo e quente, meu neném.

Não tem mais tanta gente. Uns foram levados para o convés. Desacordados, estropiados. Choramos no mesmo idioma. Ouvimos barulho de peso no mar. Sangue escorrendo pelas pernas e pelas mãos. Sangue saindo pela boca. E moscas. Sempre elas, a dançar seu zum-zum-zum.

Cansada estou, meu neném. No mar é onde não quero ficar. Preciso sair, soltar minhas mãos. Meu grito preciso soltar. E preciso de ar para respirar. Me deixem em paz, por favor, tenham piedade de mim e do meu neném! Ele nasceu forte! Vai servir para limpar navio, limpar chão do convés, de porão. Não, não tirem meu neném de mim. Me deixem. Nos deixem em paz.

Meu neném foi para o mar, dormir entre sereias e estrelas, na kalunga grande.

Meu neném, agora, dorme em berço de coral. Vai ser livre e vai dançar com os peixes no fundo do mar. Não vai ter fome. Não vai ter sede. Nem medo de escuro. Nem incômodo de calor, nem de frio. Nem de porão sujo sem ar.

Dorme neném, dorme um sono bom. Sonha com sua mãe, que ficou no porão. Sua mãe estará sempre velando seu sono.

Ninando você. Nem nome pude lhe dar. Nana, neném. Ninguém vai te pegar. Não, não tem mais porão, nem falta de ar.

Agora é hora de deixar você partir. Vá neném, com a rainha das águas. As ondas vão levar você até os lugares mais luminosos, mais coloridos. Vai. Sua mãe ficou no porão.

Muitos outros que vieram, já não estão mais aqui. Também foram para o mar.

Não lembro mais da cor do céu. Nem do dia, nem da noite. Não lembro mais do cheiro do ar da noite quente. Não lembro mais do cheiro da mata depois da chuva. Não lembro mais da chuva. Não sei mais o que é não balançar.

Não lembro mais da pele macia do meu neném, da pele enrugada de minha avó, da pele suada de meu amor. Não lembro mais da água de lavar. Não lembro mais de mim. Não sei mais o que é chorar.

O tranco forte. O cheiro forte. Os gritos altos. Chegamos.

Beira do mar. Praia de areia branca. Outra língua, outra gente. Estamos aqui. Sobramos nós. Nossos pés têm correntes; nossas mãos têm cordas, amarradas com nós. Nós com nós.

Mercado. Grilhões. Tem casa de engorda. Tem água fria e óleo de lustrar pele. Tem homem apertando nossos peitos, olhando nossos dentes. Tem leilão. Ainda assim, melhor que porão.

Medo de tudo, tristeza de nada. Alvorada.

Chicote lanhando os pés. Corre! Está pensando o quê?

Penso no meu neném. Meu neném que ficou no mar. Na rede de espuma. Nas conchas. Nas profundezas das águas.

Chegamos. É uma fazenda. Mais uma vez, porão. Senzala.

Quase todas as noites um homem se aproxima. Toca minha carne sem brilho. Nada em mim brilha. Só meus olhos quando lembro do cheiro que adivinhei ser do meu neném.

Meses depois de minha chegada nasceu uma menina. Menina mama no peito. Menino de Sinhá mama também. O peito tem que render para duas crianças. Menino de Sinhá mama primeiro. O que sobrar é da minha menina. Ela chora. O neném de minha Sinhá chora também.

— Sugue meu peito, mesmo vazio, para parar de chorar. Não aborreça ninguém, minha menina!

Neném de escrava não pode chorar. Se chorar, corre o risco de ser jogado no fundo do mar. Vai crescer e virar moça. O menino de Sinhá vai crescer também. Virar doutor. Nunca mais vai lembrar que mamou no peito de Sange.

Ganhei nome de Maria Preta. Foi Sinhá quem me deu esse nome. Para fazer diferente da outra Maria, a quase branca, que faz companhia para Sinhá. Maria Preta é boa de amamentar. Tem leite forte. Tem perna forte. Tem braço forte para trabalhar. Tem mão grande para purgar. É mãe do balcão de mascavar, do balcão de secar. De tudo que é açúcar, é mãe.

É ama de leite de menino. É mãe de menina. E nunca, nunca se esquece do seu neném que dorme para sempre no fundo do mar.

Já se passaram tantos tempos. Tantas luas se passaram. Tantos sangues chegaram e tantos sangues se foram..., mas neném será para sempre neném, nas profundezas do mar de prata."

– Foi essa história que nos chegou, e mesmo eu nunca tendo escutado a voz de Sange, é como se ela estivesse aqui, nos contando.

Pela primeira vez, ao ouvir uma história contada pela avó, Analinha estava muda.

Sua blusa, encharcada das lágrimas que não paravam de cair. Não tinha vontade de perguntar nada. Nunca tinha imaginado que essa fosse a história de sua família. Jamais teria pensado que algum antepassado seu tivesse sido escravizado.

A avó Aurora beijou a testa da neta e tirou o bolo do forno. Nada melhor do que um bolo quentinho com uma caneca de leite com chocolate para aquecer aquele coração abismado pelas revelações.

Era hora de deixar a história esfriar para contar novos capítulos sem ferir muito a alma de sua neta. Aurora era capaz de adivinhar que a menina estava mergulhada nos porões do navio e da senzala naquele momento. Isso era doloroso demais para aquela criança.

Capítulo 8

FRIO, FOME E SEDE

Benjamin estava boquiaberto. O relato pungente, recontado da melhor forma possível por André Luiz, parecia saído de um livro de História. Ele não sabia nem o que dizer. A única coisa que pensou naquele momento é que estava com fome, frio e sede. Era madrugada. Quase todos os passageiros dormiam. Pouquíssimas luzes acesas, apenas de alguns que, como eles, não conseguiam pregar o olho.

– André Luiz, você se incomodaria de me acompanhar até os fundos do avião para ver se ainda restou alguma coisa para comer? Estou faminto e precisando de algo para me aquecer.

– Claro. Também estou com muita sede, minha boca está seca e estou sentindo muito frio. Quem sabe arranjamos mais um cobertor?

Foram. Havia sanduíches. Havia cobertores. Havia bebidas. O que não havia era espaço para fazer de conta que aquele encontro era ficção. Não era. Benjamin tinha certeza de que ainda ouviria muitas outras dores naquele voo. Quis prever quantos capítulos enfrentaria até chegar na fatídica mordida que tinha desencadeado toda essa história.

Impressionante – pensou –, a troco de que a vida nos colocou lado a lado, novamente? Ele não acreditava que as coisas aconteciam por acaso. Para Benjamin, tudo o que acontecia tinha um "porquê" e um "para quê?".

A grande questão, agora, era tentar juntar as partes dessa história contada por André Luiz para entender qual seria o sentido desse reencontro.

Comeram. Beberam. Levaram novos cobertores para as poltronas. Os dois sabiam que não iriam dormir até que a história fosse totalmente revelada.

– Preparado, Benjamin? Alimentado, aquecido? Posso continuar? – disse André Luiz, um pouco mais descontraído.

– Eu estou. E você? Preparado? Passou a sede?

Naquele instante, ninguém testemunhou o leve sorriso que se esboçou na face daqueles dois homens.

Capítulo 9

ENTRE MORDIDAS E LAMBIDAS

As crianças da turma tinham se habituado àquela cena diária: Benjamin sufocando André Luiz com um abraço e querendo lambê-lo e mordiscá-lo, sem parar. André Luiz, apavorado, tentava se libertar, temendo nova mordida. Não queria mais ir à escola e chorava na hora da entrada, dizendo que o menino novo o apertava o tempo todo.

A diretora Vera havia feito uma reunião com toda a equipe do jardim de infância, na esperança de encontrar uma pista que desse alguma ideia para desvendar o mistério que envolvia Benjamin e André Luiz.

As férias de julho estavam quase chegando e ela não sabia mais o que dizer para a família Franco.

Já havia solicitado aos pais de André Luiz que participassem de uma reunião juntamente com a avó Aurora, os pais de Benjamin e as professoras dos meninos.

Por mais que tentassem entender o que se passava, ninguém era capaz de decifrar aquela intrincada situação, porque Benjamin só dizia para seus pais que André Luiz era o novo amigo de que ele mais gostava.

O grande problema é que seria impossível não levar André Luiz para a escola. Sua mãe, Ana, era secretária trilíngue em uma empresa estrangeira e seu pai trabalhava como gerente em uma loja de departamentos. A avó Aurora ainda estava na ativa, lecionando na Universidade, no horário em que as crianças frequentavam a escola. A família, por convicção, desejava que os filhos estivessem na escola em horário integral. Contrariando a maioria, que preferia deixar as crianças pequenas com babás em casa.

Apenas as mães e a avó Aurora compareceram à reunião.

A sra. Sorensen estava visivelmente constrangida. Seu filho – que já frequentava o jardim de infância na Dinamarca – nunca havia apresentado esse tipo de comportamento.

Ana, assoberbada com a sobrecarga de trabalho no emprego e em casa, ainda não havia conseguido vislumbrar uma hipótese sobre toda essa situação. Os problemas com o marido agravavam-se a cada dia. E se arrastavam há meses, mesmo antes de esse episódio acontecer. Ana sentia-se distante do pai das crianças e muito sozinha para enfrentar essa questão. Não fosse o apoio de sua mãe, nem saberia o que fazer.

A avó Aurora, como de costume, buscava colaborar com seu bom senso e sua experiência de vida. Contudo, mesmo ela não sabia mais o que pensar. Estava acompanhando o desenrolar dos fatos desde o início, mas qualquer hipótese fugia a um entendimento lógico. Queria poder voltar no tempo e que nada disso estivesse acontecendo. Lembrou-se de sua mãe Amazília, professora alfabetizadora, que dizia que o passado não pode ser alterado, que ele é cheio de mistérios escondidos na alma e no coração. Passado é o que passou, não foi feito para nos prender ou causar ressentimentos.

A diretora Vera buscava controlar a situação, que, na verdade, estava totalmente fora de seu controle. Gostava e admirava aquela família tão atípica para os padrões da época, composta por mulheres fortes, profissionais, e independentes havia décadas. Sabia de tudo isto, porque conhecia a história de vida de Aurora, renomada médica e professora universitária, cujos esforços a haviam levado tão longe na carreira. A última coisa que desejava é que a família se afastasse da escola.

A fala de Aurora interrompeu seus pensamentos.

– Vera, o que vamos dizer agora, causa-nos grande pesar, mas já tomamos uma decisão para não agravar ainda mais esta situação e proteger nossas crianças. A senhora conhece bem Analinha, sabe como ela é apegada ao irmão. Está tomando as dores dele para si. Está ficando muito revoltada. Por mais inteligente que seja, é apenas uma menina. Não estamos conseguindo mais consolá-la cada vez que relata ter visto o Dedé chorar na hora do pátio. Decidimos, então, esperar acabar o semestre para transferir as crianças para outra escola.

– Mas, é isso mesmo que vocês querem, Ana e Aurora? Sabem que aqui no bairro, nossa escola é a única bilíngue – argumentou a diretora.

Desta vez, foi Ana quem respondeu:

– Sim, sabemos disso. No entanto, já encontramos outra escola do mesmo padrão e vamos nos mudar para o bairro onde mora minha mãe.

Aurora foi pega de surpresa com esta última revelação sobre a mudança de endereço. Ainda não sabia da decisão da filha, embora há algum tempo acompanhasse com apreensão a situação dela com o marido. Que outra notícia ainda receberia após a reunião?

A senhora Sorensen, em português muito rudimentar, pediu sinceras desculpas a todas pelas atitudes inexplicáveis de seu filho. Nem ela conseguia entender o que estava acontecendo.

Despediram-se. Aurora e Ana ainda tinham uma hora até que as crianças terminassem o horário escolar.

Capítulo 10

CAFÉ AMARGO

Ana e Aurora foram a uma confeitaria próxima à escola. Pediram café com *petit-four*. Ana sabia que precisaria se explicar com a mãe.

– Mãe... estou decidida a pedir o desquite para o Edmundo.

– Tem certeza, minha filha? Você tem noção do que isso vai acarretar em sua vida e na vida de seus filhos?

– Tenho! Quer dizer, acho que tenho... acontece que não consigo mais esconder minha infelicidade. Que exemplo de mãe eu seria se prosseguisse nessa relação falida?

– Aconteceu mais alguma coisa que eu ainda não saiba para você ter tomado essa decisão tão repentinamente?

Ana não pôde conter as lágrimas. Na verdade, não havia nada de repentino. Só tinha tentado poupar a mãe do aborrecimento e da preocupação antes de ter coragem para se decidir. A gota-d'água tinha sido o bilhete encontrado no bolso do paletó de seu marido e a descoberta de que ele estava tendo um caso com outra mulher.

– Mãe, descobri que Edmundo se envolveu com uma de suas funcionárias. Você sabe que sempre se sentiu inferiorizado por eu ganhar melhor do que ele e ser mais qualificada profissionalmente. Ele não deve estar se sentindo tão ameaçado na sua masculinidade na relação com essa moça. E antes que você pergunte, sim, já investiguei. Não resta qualquer dúvida. Vi os dois juntos, aos beijos, na varanda do apartamento onde ela mora.

– Minha filha – respondeu Aurora disfarçando a tristeza –, mesmo nunca tendo simpatizado muito com seu marido, sempre respeitei sua escolha. Continuarei mantendo a mesma atitude. Você tem meu apoio incondicional. Não seria melhor, a princípio, vocês se mudarem para minha casa, que é tão perto da nova escola das crianças? Desde que seu pai morreu e você e seus irmãos se casaram, o apartamento foi ficando cada vez maior. Agora ainda mais, porque eles nos visitam só uma vez por ano, quando vêm ao Brasil. Vai ser bom ter vocês por lá. Já estou vendo as crianças correndo pelos corredores, como você e seus irmãos faziam quando pequenos.

Ana sentiu-se aliviada. Não esperaria outra atitude de sua mãe. Abraçaram-se, pagaram a conta e saíram para buscar Analinha e Dedé na escola.

Capítulo 11

NEM TUDO É O QUE PARECE

No último dia de aula do semestre, Ana conseguiu dispensa no trabalho e passou o dia arrumando as caixas da mudança antes de buscar as crianças na escola. Sabia que aquele não seria o dia mais fácil da vida da filha. Analinha gostava muito da escola, a única que havia frequentado desde o jardim de infância. Lá, tudo era conhecido: os amigos, os professores, a diretora, os funcionários, o ambiente. Acreditava que para André Luiz, a mudança de escola seria um pouco menos dolorosa. Afinal, ele não precisaria mais conviver com aqueles ataques diários de Benjamin, que lhe causavam sofrimento.

Chegando a sua casa, olhou para as caixas que seguiriam no caminhão de mudança no dia seguinte. Suspirou fundo. Calculou o que estava por vir. Eram tantas perdas ao mesmo tempo para aquelas duas crianças! E os motivos não eram nada simples, somando-se à gravidade dos fatos que não poderiam ser revelados – pelo menos, não naquele momento.

Ana teria preferido esperar as crianças estarem adaptadas à nova escola para se desquitar, mas a situação tinha se tornado insustentável. Edmundo saía de casa antes de as crianças acordarem e só voltava depois de elas estarem dormindo. Não compartilhava mais do jantar em família. Não se envolvia com os problemas que os filhos estavam enfrentando na escola. Todos os finais de semana, alegava ter de trabalhar para cobrir férias e folgas de funcionários. Ana não encontrava mais maneiras de justificar a ausência do marido perante os filhos. Detestava mentir, mas sabia que precisava poupar as crianças daquele sofrimento. Omitia os fatos para preservar a imagem do pai perante as crianças.

Por volta de 18 horas, Aurora chegou à casa da filha. Dedé brincava de pular sobre as caixas, enquanto Analinha questionava a mãe:

– Por que você não vai deixar meu pai morar com a gente na casa da vovó?

– Minha filha, não sou eu que não deixo ele ir conosco! Nós estamos nos desquitando. Isso significa que cada um vai morar na sua própria casa, a partir de agora. Ele vai continuar sendo seu pai, só não será mais meu marido! E você e seu irmão terão duas casas.

– Meu pai falou que a culpa é sua! Que é você que não quer mais deixar ele ficar com a gente!

Antes que aquela conversa virasse uma grande discussão e antes que alguém saísse ainda mais machucado, Aurora resolveu intervir:

– Analinha, você não gostaria de ajudar a vovó a preparar o jantar? Sua mãe agora precisa dar banho no Dedé.

As duas foram caminhando em direção à cozinha, enquanto Analinha esbravejava:

– Vovó! Eu tô com muita raiva da minha mãe! Por culpa dela, vou ter que sair da minha escola, mudar de casa e ficar sem meu pai!

– Analinha, nem tudo é o que parece. Aprendi com minha mãe que precisamos ver de perto para ver o certo.

– Que é isso, vó? Você não tá vendo o que a minha mãe fez?

– E você, reparou que só está vendo e ouvindo um lado da história?

– Mas, vó, só tem o lado que eu e Dedé vamos perder tudo o que a gente gosta! Pra minha mãe é fácil! Ela não gosta mais do meu pai mesmo! – soluçou Analinha.

– Meu amor, você tem todo o direito de ficar triste, chateada e com medo das mudanças. Mas também precisa entender que sua mãe está sofrendo. Dor é dor. Cada um tem a sua. E a dor de um nunca é maior ou menor do que a dor do outro. Dedé ainda não deve estar percebendo muito bem o que está acontecendo, mas ele também deve estar sentindo medo e tristeza, do jeitinho dele. Assim como seu pai, sua mãe, e até eu mesma.

– Você sofrendo, vó?

– Você acha que eu nunca sofro? Acha que as pessoas mais velhas não têm sentimentos? Não é bem assim. A experiência de vida é que vai deixando a gente com um pouco mais de serenidade para enfrentar os problemas. Isso pode parecer falta de sentimentos, mas não é. A gente aprende a lidar com o sofrimento de outra maneira.

– Então quando eu ficar da sua idade eu não vou ter mais vontade de dar um soco em quem implicar comigo?

– Por que você está dizendo isso? Alguém implicou com você na escola?

– Implicou! Aquela chata da Betina da quarta série, uma que entrou na escola este ano. Ela fica dizendo que gente de cor não devia estudar na nossa escola! E que o Dedé devia se chamar Picolé, tudo culpa daquele Benjamin que vive mordendo e lambendo meu irmão! Eu detesto aquela garota, vó, tenho vontade de puxar as trancinhas dela até arrancar!!! E ela ainda fica implicando com meu nome, diz que é nome de gente velha!

Aurora respirou fundo. O dia estava sendo muito difícil, mas não teria jeito. Não era com este clima tenso que esperava revelar a origem do nome de Analinha. Mas, diante de todo o sofrimento que a menina expressava, considerou que não poderia adiar mais a conversa que um dia precisaria acontecer. Queria poder ter esperado a neta se tornar uma moça, chegar aos quinze anos, idade em que todas as mulheres de sua família, desde a geração de sua mãe, ficavam conhecendo a verdade. Mas às vezes o tempo da vida decide por si mesmo.

Havia chegado a hora.

Capítulo 12

AQUILO QUE NINGUÉM VÊ

— Analinha, minha neta tão amada, vamos deixar o jantar para depois. Agora, quero que você sente aqui e preste muita atenção na história que vou contar. Você ainda é muito menina, eu preferia falar sobre isso tudo quando você já fosse uma mocinha, mas as provocações de Betina sobre seu nome acabaram por antecipar os fatos. Então, vamos lá. Acomode-se porque a história é longa.

Analinha enxugou as lágrimas, sentou-se no sofá ao lado de sua avó, abraçando uma almofada.

— Lembra do dia que contei sobre minha tataravó Sange, que ganhou o nome de Maria Preta e foi mãe de um menino que morreu em um navio negreiro? E que quando chegou à fazenda, aqui no Brasil, teve uma menina?

— Lembro, vó. Mas o que essa história tem a ver com meu nome?

— Tudo. Ouça bem como continuou a história de Sange para você entender o que uma coisa tem a ver com a outra.

– Vó, posso fazer só uma perguntinha antes de você começar? Só umazinha?

– Só uma, Analinha! – respondeu a avó, sorrindo.

– Quem era o marido da Sange?

– Ela não tinha marido. Esta não é uma história fácil de ser contada para uma menina da sua idade. Mas prometo falar tudo. E gostaria que você não ouvisse esse relato guardando raiva no seu coração. São coisas que aconteceram no passado. Não nos tornaram melhores nem piores do que ninguém. O importante é você entender como se transforma uma história de sofrimento em uma história de amor, por você mesma e por quem mais estiver ao seu redor.

– Mas, vó, se ela não tinha marido, como ela tinha uma filha? – perguntou Analinha, não conseguindo se conter.

– Analinha, a vida das escravas nas fazendas era muito diferente da que vivemos hoje, em 1973. Há cem anos, ainda havia escravidão no Brasil. Isso significa dizer que até a geração de minha avó, nossos antepassados foram escravizados. Pela crença da época, escravos não possuíam nem alma. Eram propriedade dos donos das fazendas, os chamados senhores de engenho, que compravam animais, ferramentas e pessoas da mesma forma. Tudo era mercadoria para que a fazenda produzisse e desse lucro.

– Vó! Mas pessoas não podem ser compradas como ferramentas e animais! Isso não é certo! Pessoas são pessoas!

Mais uma vez a avó Aurora respirou fundo. A história era muito doída. Esperou alguns segundos, se recompôs e pediu à neta, com todo o carinho:

– Meu amor, imagino como você deve estar se sentindo aflita ouvindo isto. Deve ser quase tão difícil quanto é para mim falar sobre essas lembranças que, um dia, ouvi de minha avó. Mas, quando ela me contou, eu já tinha quinze anos. Se aos quinze foi difícil de ouvir, imagino como será para você, que ainda nem chegou aos dez. Mas se você quer saber, é porque é chegado o tempo de responder.

– Tá bem, vó. Sabia que eu te amo? E prometo ficar quietinha enquanto você conta o resto da história.

Aurora, com voz quase sussurrada, iniciou a narrativa:

Sange era muito bonita e chamou a atenção do filho do senhor do engenho, o Sinhozinho. Ele era apenas um ano mais velho do que ela. Era conhecido na fazenda por ser autoritário, agressivo e muito violento. Por isso, os escravos evitavam até olhar em seus olhos, para não despertar sua ira. Qualquer motivo, mesmo inexistente, era suficiente para que se enfurecesse e mandasse o suposto rebelde para o tronco. Como muitos da época, acreditava que os cativos lançavam maus-olhados e feitiços contra seus donos.

Era uma tarde de inverno quando ele quis minha tataravó. Sange estava colhendo flores para enfeitar a Casa Grande. Ele se aproximou, viu a escrava acocorada no chão. Segurou-a com muita força e a arrastou para o matagal. Sange tentou se soltar, mas não teve como fugir. Ela sabia que qualquer tentativa de defesa seria inútil, e ainda corria o risco de ir para o tronco, apanhar de chicote até morrer. E achou que não seria útil aprender a altura do braço esticado no pelourinho. Então, obedeceu resignada. E ele fez tudo o que seus instintos ordenaram. Da Casa Grande era possível ouvir os gritos de desespero de Sange, mas nem Sinhazinha, nem as outras escravas tiveram coragem de intervir. Mulheres daquele tempo, praticamente, só faziam obedecer aos homens e aceitar seu destino. Nove meses depois, Sange deu à luz a uma menininha que foi batizada de Benedita. É a minha bisavó.

Benedita cresceu arredia e revoltada. Conhecia muito bem a história de seu nascimento e odiava o Sinhozinho, seu pai, que continuava abusando de sua mãe dia após dia.

As meninas da Senzala tentavam esconder ao máximo que sangravam pela primeira vez para não começarem a ser usadas. Um dia, Sinhozinho descobriu que Benedita havia se tornado moça e partiu como um animal para abusar dela também. Foi nesse momento que Sange reagiu, coisa que nunca antes tinha feito. Pegou um grosso galho de árvore que estava caído no chão e tentou acertar a cabeça de Sinhozinho com intenção de matá-lo. Mas o feitor que estava passando por ali, naquele exato momento, conseguiu segurar seu braço ainda no ar e a levou diretamente para o tronco. Acorrentou seus braços e já ia começar a chicoteá-la, quando o Sinhozinho tirou o chicote das mãos do feitor e disse – esse prazer é somente meu.

Sange morreu ali mesmo, acorrentada ao tronco diante do olhar de Benedita que não conseguiu derramar uma só lágrima. Mas jurou que aquele homem nunca mais tocaria nela, nem que ela tivesse que morrer ou matá-lo.

Quando morria um escravo na fazenda, de certa forma a senzala se alegrava, porque acreditava que quem partia iria retornar para o céu de seus antepassados e parar de sofrer maus-tratos.

O juramento de Benedita pouco valeu. Naquele mesmo ano, o Sinhozinho se tornou o Senhor do Engenho. Com a morte de seu pai ele pôde revelar sua face mais perversa. Agora, seu poder sobre os destinos da fazenda era absoluto. De tudo e de todos que lá viviam.

Durante sete anos consecutivos, ele abusou de Benedita com extrema violência. Durante sete anos, Benedita tentou fugir. Teve seus pés quebrados, suas mãos queimadas, as costas completamente marcadas a chicotadas. Sua pele já havia se misturado à ponta do chicote. Seu sangue se misturava com a terra da fazenda.

Até que um dia, Sinhozinho resolveu marcar suas iniciais com ferro em brasa no rosto de Benedita. Para ela nunca se esquecer quem mandava ali e servir de exemplo para os outros. Ainda assim, Benedita continuava linda e não perdeu seu porte altivo, nem a vontade de se libertar daquele jugo. Embora vivesse esse constante pesadelo de ser abusada e escravizada, uma voz dentro dela palpitava que, os grilhões e as chibatadas que flagelavam seu corpo, jamais aprisionariam seus pensamentos. À medida que os anos se passavam, essa certeza a levou a suportar todos os açoites. Ela vislumbrava os espaços que iam sendo abertos em suas costas durante as chicotadas; imaginava asas crescendo e a levando para fora da fazenda, para sua liberdade. Foi dessa forma que não enlouqueceu e conseguiu criar sua filha Amélia, minha avó.

É monstruoso pensar que Amélia era, ao mesmo tempo, filha e neta desse homem tão cruel. E pior ainda é saber que histórias assim eram comuns nos engenhos daquela época.

Benedita dizia para Amélia, diariamente, que podiam escravizar seu corpo, mas que não havia ninguém neste mundo que pudesse escravizar sua alma e seus pensamentos, a não ser ela mesma.

Em 1872, um ano depois da Lei do Ventre Livre ser promulgada, Amélia estava com sete anos. Benedita estava grávida novamente. Ela já havia perdido vários filhos nesse meio tempo. E só não engravidou mais vezes, porque conseguia se esconder entre as flores e as plantas da fazenda para não ser encontrada por seu dono. Mas desta vez, nem bebê, nem mãe sobreviveram ao parto realizado em precárias condições na Senzala.

Assim que soube da morte de Benedita e da criança que ela carregava em seu ventre, o Sinhozinho, enfurecido por ter perdido sua escrava, mandou que o feitor jogasse os corpos na mata. Quando o feitor perguntou o que deveria fazer com Amélia, respondeu que a menina já não podia ser vendida. Não queria nem olhar para ela. Mandou o feitor abandoná-la na mata juntamente com os corpos. Ele estava certo de que ela não sobreviveria.

Capítulo 13

APERTEM OS CINTOS

Os passageiros do voo foram acordados pela voz do comandante pedindo que todos apertassem os cintos em razão de estarem passando por uma área de forte turbulência.

Este chamado surpreendeu André Luiz e Benjamin, que pareciam estar em outra dimensão de tempo e espaço. Desde que o relato começara, Benjamin não havia pronunciado uma só palavra, mas o colarinho de sua camisa estava encharcado pelas lágrimas que não conseguia controlar.

Apertaram os cintos. André Luiz percebeu que, naquele voo tumultuado, repleto de solavancos e sustos, era ele quem contava a história de sua família pela primeira vez. Até então, sempre tinha sido ouvinte. E não era para uma pessoa qualquer que estava narrando. O simples fato de estar organizando emocionalmente tudo que havia escutado ao longo de sua vida e não estar mais no papel de personagem, mas sim de autor de sua própria história, trazia-lhe uma sensação inédita, de que sua vida não era uma sequência de sofrimentos, mas, sim, de oportunidades.

– Preciso te contar algo engraçado – disse André Luiz para um Benjamin estarrecido.

– Até que ouvir uma coisa engraçada agora vai cair bem.

– Benjamin Sorensen se tornou sinônimo de mau agouro na minha família. Sabe o que a meninada chama hoje de *meme*? Seu nome seria um *meme* lá em casa...

Os dois se deram a chance de rir nesta hora. Sem terem se dado conta, um novo elo de afeto tinha se estabelecido.

– Você tem filhos, Benjamin? Eu tenho dois, um casal.

– Sim, tenho quatro filhos. Três meninas e um menino.

– Nossa, que animação! – falou André Luiz, surpreso.

– Quando me casei, fui logo avisando à minha esposa: nada de filhos únicos como eu! Tenho trauma de não ter tido irmãos para compartilhar a vida. Deixa te mostrar uma foto da minha trupe – Benjamin respondeu feliz.

– Celulares e suas modernidades! Também tenho foto das crianças aqui no meu.

– Que lindos! São bem diferentes um do outro, né? A menina é a sua cara! O menino se parece com a sua esposa?

– Não. Ele foi adotado. E minha esposa faleceu quando Alice tinha três anos.

Benjamin preferiu calar-se. Era muita emoção para o que deveria ser um simples voo a caminho de um congresso próximo ao seu país natal.

A zona de turbulência havia ficado para trás e, com ela, qualquer estranhamento que ainda pudesse haver entre aqueles dois homens.

– Eu sei que é muita informação para uma noite só, mas será que você consegue ouvir mais um capítulo dessa saga familiar? – propôs André Luiz para um atônito Benjamin.

– Sim, claro! Agora estou ansioso por conhecer toda essa história. Afinal, por que sua irmã tem esse nome?

Capítulo 14

O SEGREDO DO SEU NOME

Amélia estava apavorada. Havia sido abandonada à sua própria sorte. Olhava para o corpo de sua mãe abraçada ao corpinho do seu irmão que não tivera qualquer chance de sobreviver. Ela teria? Era só o que se passava por sua cabeça. Estava tão esgotada que acabou adormecendo ao lado dos corpos. Acordou com o sol a pino e as formigas picando seu corpo.

Chorou. Tentou se livrar dos insetos. Não conseguiu. Amélia não sabia o que fazer. De repente, ouviu passos que se aproximavam. Se escondeu atrás de um arbusto. Viu Afonsinho, o filho do Sinhozinho, acompanhado da escrava Euzébia.

Euzébia sabia que as crianças brincavam juntas no terreiro da Casa Grande. Sabia que criança só vê sorriso, alegria, tristeza. Não vê cor de pele. Por isso, levou Afonsinho para tentar encontrar Amélia no meio da mata e ajudá-la de alguma forma. Tinha ouvido sua Sinhazinha comentar na hora do chá com as primas sobre uma tal professora muito jovem que andava causando problemas na região.

Havia se instalado numa fazenda próxima com a história de que abriria uma escola para ensinar as crianças das redondezas a ler, escrever e fazer contas, mas, ao chegar, não aceitou que seus alunos fossem apenas os filhos dos fazendeiros: sua intenção era educar todas as crianças, sem qualquer distinção – fosse menino ou menina, preto ou branco, rico ou pobre, filho de fazendeiro ou de escravo. *Um verdadeiro escândalo, um completo insulto! –* comentavam as primas.

Euzébia precisava dar um jeito de falar isso para Amélia e encorajá-la a chegar até o povoado, porque também tinha ouvido que a professora havia sido expulsa da fazenda quando a Sinhazinha que a contratou descobriu que ela estava dando instrução para os negrinhos, como ela se referia aos filhos de escravos. A única coisa que conseguiu saber é que, depois de expulsa, a professora pediu asilo na Santa Casa de Misericórdia e corria à boca miúda que estava trabalhando com as irmãs de caridade.

Amélia reconheceu ao longe a voz de Afonsinho chamando seu nome.

– Amelinha! Amelinha, responde! Sou eu, Afonsinho, seu amigo! Euzébia disse que você veio brincar na mata, mas aqui é perigoso, tem bicho e logo vai escurecer! Aparece! Para de se esconder!

A menina saiu detrás do arbusto. O vestido estava sujo, um pouco rasgado. Os joelhos esfolados, as pernas encaroçadas e o olhar profundamente assustado.

– Euzébia, Euzébia! Olha ali! É a Amelinha!

Euzébia correu em direção à menina e a abraçou com força, suspendendo-a e beijando seu rosto sujo de terra. Precisaria se limpar antes de retornar à Casa Grande com Afonsinho, caso contrário, correria o risco de ser punida.

Pediu a Afonsinho que não dissesse nada sobre esse encontro, nem mesmo para Inácio, seu amigo filho da escrava Chiquinha, pois sabia que Inácio teria prazer em delatar Amelinha e ver ela ser castigada. Até porque, de uns meses para cá, Inácio vinha fazendo favores ao feitor em troca de pequenas regalias, esperando obter benefícios e privilégios.

Euzébia, que havia nascido na fazenda na mesma época que o pai de Afonsinho, percebia a enorme diferença de índole entre pai e filho, revelada desde a mais tenra infância. O coração do menino trazia bondade e generosidade. Jamais faria qualquer coisa que prejudicasse sua amiga, ou quem quer que fosse. Ele jamais desconfiara que era, ao mesmo tempo, irmão e tio dela.

A escrava queria evitar a todo custo que soubessem que Amélia havia sobrevivido. No fundo, temia que Afonsinho percebesse o que de fato estava acontecendo e tinha receio de que ele questionasse o pai e que isso pudesse causar alguma represália. Euzébia sabia muito bem do que aquele homem era capaz.

Instruiu Amélia a procurar a bondosa professora, que segundo a Sinhazinha chamava-se Anália Franco, apelidada de "a perigosa" pelos senhores de engenho da região.

Mostrou-lhe o caminho que deveria tomar e deu ordens expressas de não olhar para trás nem de falar com qualquer pessoa até alcançar o povoado. Chegando lá, deveria perguntar onde ficava a Santa Casa, sem nada contar sobre sua origem.

– Minha menina, vá direto à Santa Casa e encontre a professora Anália Franco. E, por favor, guarde para sempre, no melhor lugar do seu coração, o que vou lhe dizer agora: se o passado não é futuro, você não precisa carregar ele com você. Entendeu?

– Euzébia, você está falando para Amelinha ir embora da nossa fazenda? Mas ela é minha melhor amiga! Vou ficar com muita saudade se ela for embora... E se meu pai descobrir, vai castigar vocês duas!

Euzébia não sabia como sair dessa situação. Precisava proteger a menina, mas também precisava proteger o menino. Eram duas crianças sofrendo, duas crianças que ela amava. Filhos do mesmo pai perverso, que precisariam aprender a sobreviver ao seu jugo.

Abraçou Afonsinho e disse:

– Meu filho, um dia você vai entender o que se passou hoje nesta fazenda. Por ora, não me peça para impedir Amelinha de ir embora e não pergunte mais nada. Apenas faça o que combinamos e você terá dado o melhor presente para sua amiga.

Afonsinho e Euzébia viram Amélia partir sem olhar para trás e voltaram em silêncio para a fazenda. Choravam lágrimas do amargo adeus dos tempos de profundas injustiças.

Antes que a noite caísse, a menina foi encontrada desacordada na entrada do povoado por uma irmã de caridade que trabalhava na Santa Casa.

Analinha chorava copiosamente. Ana também. Desde que Dedé havia adormecido, após o banho, Ana estava de pé encostada no batente da porta, vendo sua mãe revelar para sua pequena menina aquela história tão dura que conhecia desde os seus quinze anos. Era capaz de sentir ela mesma as dores que iam na alma de sua filha.

Aurora viu que Ana estava ali e a convidou para sentar-se no sofá. As três choravam e se abraçavam. Seria difícil continuar aquela narrativa sem uma pausa para acalmar os corações e retomar o fôlego.

Aurora sugeriu que as três juntas preparassem o jantar. A caminho da cozinha, Analinha perguntou ainda sob forte emoção:

– Eu tenho esse nome por causa dessa professora?

– Sim, querida, tem.

– Engraçado... ela tem o nosso sobrenome, que esquisito...

Ana e Aurora se entreolharam. Ainda havia tanto para contar, mas perceberam que a menina estava esgotada. Era muita informação para um único dia.

– Analinha, sei que você está curiosa. Mas preferia continuar contando esta história enquanto arrumamos suas coisas no quarto novo que vovó preparou para você. Vamos juntar o que sobrou na geladeira para fazer nosso jantar? Minha mãe chamava de mexidão-surpresa.

– Que engraçado, vó! Ainda bem que sobrou um pouquinho de cada coisa do jantar de ontem, se não o mexidão-surpresa não ia ter graça nenhuma!

– Analinha, vamos fazer assim: separamos o que ainda presta do que o que não nos serve mais e, enquanto sua mãe arruma a mesa, vamos transformar um monte de restinhos em um delicioso jantar. Que tal acendermos umas velas para brincarmos que estamos em um castelo antigo?

– Oba! Gostei, vó!

A avó sabia que não havia nada melhor do que uma brincadeira de faz de conta para aliviar a dor do coração de uma criança.

Capítulo 15

NOVO IMPACTO

Quando André Luiz e Benjamin achavam que nada mais poderia acontecer naquele voo, o piloto anunciou que um passageiro estava passando mal e perguntou se havia algum médico a bordo. Foi André Luiz quem socorreu o senhor. Felizmente, era apenas uma crise de ansiedade pelos percalços da viagem, nada tão grave.

Quando retornou ao assento, André Luiz estava visivelmente esgotado.

– Meu Deus, o que será que ainda vai acontecer neste avião? Nunca estive em um voo tão tumultuado.

– Verdade! Nem eu! Aliás, minha vida aérea antes de você se sentar ao meu lado era bem calma.

– Poderia dizer o mesmo, André Luiz.

E os dois riram do que tinham acabado de falar. Logo em seguida o café da manhã foi servido, e com ele novos capítulos seriam revelados. A conexão em Frankfurt daria chance de compartilharem mais horas juntos e, nessas horas, de passarem a limpo toda essa história.

– André Luiz, desculpe a minha ignorância, mas eu não sei quem foi Anália Franco. Só sei que tem um *shopping center* e um bairro em São Paulo com o nome dela, mas nunca parei para pesquisar quem ela foi. Eu ia perguntar quando fomos surpreendidos pelo pedido do piloto.

– Pois é, Benjamin, essa é uma questão intrigante. Quase ninguém sabe quem foi Anália Franco, uma alma extraordinária. Uma mulher incrivelmente versátil, em um tempo em que as mulheres eram quase figura decorativa. Imagine você: ela foi educadora, escritora, jornalista, musicista, dramaturga, empreendedora e filantropa. Criou mais de cem escolas, espalhadas pelo Brasil. Minha irmã Anália, quando soube disso pela nossa avó Aurora, ficou "se achando", ou como diria minha filha Alice, "se tendo certeza". É claro que minha avó não perdeu a oportunidade; mandou Analinha enfiar a viola no saco e se colocar no seu lugar de aprendiz. E ainda emendou: quem muito olha para o próprio umbigo, acaba com torcicolo! Essa frase ouvi nem sei quantas vezes na minha infância. Jurei que nunca falaria isso para meus filhos, veja só... falo isso toda vez que eles se colocam como a última bolacha do pacote, se é que você me entende.

– Claro que entendo! Desde nosso último encontro, aprendi bastante português. É curioso que nós somos de origens tão diferentes, mas as vivências acabam sendo tão parecidas. Faço a mesma coisa com meus filhos. Quando eu era adolescente, jurava que não seria um chato igual aos meus pais. Depois nos tornamos pais e passamos a entender que isso não é chatice, são os alicerces da nossa vida, nossa única herança real.

– Isso me lembrou, para variar, da minha avó Aurora, que contava histórias incríveis da minha tataravó Amélia.

Uma das que atravessaram o tempo foi a que ela dizia não ter herança material para deixar a seus descendentes. Curiosamente, deixou um testamento dizendo que não tinha sequer um retrato, nem uma joia de família: seu maior legado eram as histórias que a constituíram e que deveriam ser passadas de geração em geração, porque acreditava que no passado está a sedimentação daquilo que somos.

– Essas mulheres de sua família são fascinantes! Me surpreendem a cada história que você me conta. Como queria ter tido a chance de conviver com sua avó.

– Se você tivesse convivido com a vó Aurora, entenderia o porquê de os netos serem tão apaixonados por ela. Minha avó foi um exemplo para todos nós. Deixou um código de conduta, brincava que era a fórmula da vitamina C para vida que vale a pena ser vivida: coerência, consistência e constância; nosso clássico familiar o "triplo C".

– Adorei! Posso me apropriar? Essa sua avó e suas ideias sensacionais...

– É verdade. Sou um sortudo por ter crescido ao seu lado. Tão sortudo quanto minha tataravó Amélia, que foi criada por Anália a partir dos sete anos. Absorveu todos os seus valores da melhor forma possível: pelo exemplo. E isso acabou se transformando na maior fortuna de minha família. Essa educação que ela recebeu fez toda a diferença. E se a gente parar para pensar que até o início do século XX pouquíssimas mulheres brasileiras tinham acesso à escola – sobretudo as mulheres negras –, imagina o que isso significou na vida de minha tataravó!

Benjamin tentava se transportar mentalmente à situação. As histórias de seus antepassados eram completamente diferentes. Antes de os seus pais virem para o Brasil, nenhum parente próximo havia deixado a Dinamarca e ele nem cogitava qual teria sido a última geração de analfabetos entre os Sorensen.

– Agora estou começando a me dar conta da dimensão do trabalho dessa mulher. Porque se alterou dessa forma tão profunda a vida de sua família, fico imaginando quantas outras pessoas que conviveram com ela tiveram a mesma chance. Incrível!

– Benjamin, Anália Franco foi tão revolucionária que fica até difícil de imaginar uma moça franzina lutando com a maior convicção e coragem pelos direitos dos excluídos naquela época. E ela não fazia distinção alguma. Defendia e acolhia órfãos de qualquer origem. Principalmente as crianças negras, as mais necessitadas e desamparadas em virtude da Lei do Ventre Livre.

– A gente sabe que a Lei do Ventre Livre foi criada para antecipar a Lei Áurea, mas não amparou as crianças libertas como deveria. Mas, espera, como assim crianças de qualquer origem? Quem são essas outras crianças?

– Foram tantas e vindas de tantos lugares, que é complicado explicar. Minha avó dizia que chegavam crianças em situação de risco e de diversas procedências: as imigrantes que ficavam órfãs sem família no Brasil, as abandonadas, as que ficavam nas instituições até algum adulto poder reassumir a guarda... não havia restrição alguma para acolher quem precisasse de ajuda.

– Como é que essa criatura tão singular foi praticamente ocultada pela história? Tem coisas que acontecem no Brasil que são muito difíceis de entender.

– Pois é, Benjamin. É triste pensar que quase ninguém saiba quem ela foi. Me sinto um privilegiado por conhecer tão de perto as suas histórias, que são inacreditáveis! Vó Aurora colecionava vários casos de deixar qualquer pessoa do nosso tempo de queixo caído. Para você entrar melhor nessa história, vamos retomar a saga das filhas de Anália Emília Franco?

– Filhas de Anália Emília Franco? O que você quer dizer com isso?

– Preste atenção, senhor advogado – disse sorrindo –, feche a boca e abra os ouvidos, como se dizia no tempo do jardim de infância. Agora você vai entender o que significa ser "filha de Anália".

Capítulo 16

O ACOLHIMENTO

Quando Amélia chegou à Santa Casa, carregada pelo carroceiro que ajudou a irmã Idalina a levá-la, Anália Franco estava ensinando noções de higiene a um grupo de crianças órfãs, que haviam sido expulsas das fazendas ou deixadas na Roda dos Enjeitados, como o bebê que estava em seu colo e ela tentava acalmar.

Amélia chegou desacordada e ardendo em febre. Sua pele, avermelhada e encaroçada pelas mordidas das formigas. Seu ouvido purgava. Os cabelos estavam de tal modo infestados de piolhos, que podiam ser vistos a olho nu. O estado da menina era quase o de um moribundo.

Idalina entrou clamando por socorro. Tinha receio que aquele corpinho fraco não resistisse. Anália largou tudo que estava fazendo, entregou o bebê para a irmã Humberta e correu para acudir aquela criança, que não se sabia de onde tinha vindo, mas mesmo estando desacordada, apresentava um semblante de pavor.

Levaram a criança para o banho, na tentativa de reanimá-la e baixar a febre. Rasparam seus cabelos, limparam os ferimentos, mas nem assim a menina acordou. Anália passou a noite em claro, rezando ao pé do leito da pequena, checando sua febre e molhando seus lábios com uma toalhinha úmida para tentar hidratá-la.

O dia já estava perto de clarear quando Anália, não sabendo mais o que fazer para a febre ceder, colocou a menina em seu colo, embalando-a e aquecendo-a com o calor de seu corpo, como fazia com os bebês que chegavam à Santa Casa, e que não eram poucos.

Ela não saberia precisar quanto tempo se passou até que a irmã Ambrosina entrou trazendo um caldo quentinho, desejando que a pequena estivesse acordada e que a temperatura tivesse baixado.

Durante a febre, Amélia delirou. Falou palavras que Anália achou importante guardar em sua memória para, mais tarde, tentar colher informações sobre o passado daquela menina tão desvalida.

Formiga, mosca, fazenda, chicote, mãe, neném, Sinhá, Euzébia, Afonsinho eram algumas das palavras que ela repetia. Não poucas vezes, gritava um "NÃO" lancinante, que parecia atravessar sua alma, chegando a doer em Anália como se essas dores fossem dela própria.

Tomou a menina em seus braços, acolhendo-a no mais profundo do seu amor. Fechou os olhos e entrou em fervorosa prece. Foi quando ouviu seu nome em meio aos delírios. Supôs tratar-se de uma das irmãs, que teria chegado para rendê-la nos cuidados da pequenina, mas quando abriu seus olhos, percebeu que continuavam apenas as duas

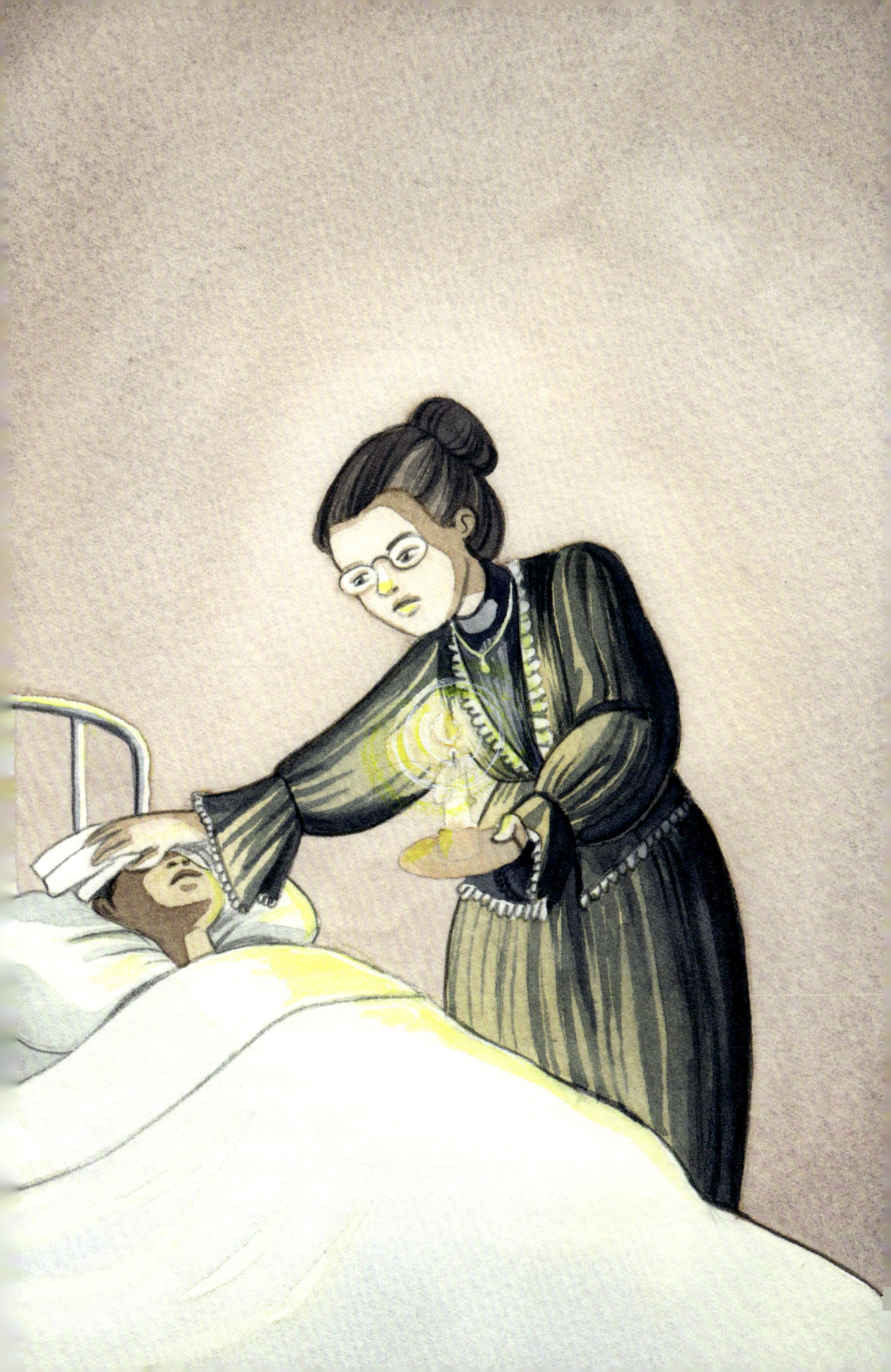

no quarto. Ouviu novamente. Desta vez, seu nome e seu sobrenome, pronunciados na débil voz da criança.

Por que essa criança chama por mim? Como sabe meu nome se chegou desacordada?

O mistério só pôde ser desvendado quando Amélia acordou, dois dias depois. Assustada, chorando, sem entender onde estava. Irmã Ambrosina tentou acalmá--la. Nunca se soube por qual motivo só serenou quando Anália chegou no quarto e a abraçou, dizendo que estava tudo bem, que ali ela estaria segura. Que ninguém lhe faria mal algum.

– O feitor vai me matar! Ele não pode me achar, não deixa ele entrar aqui!!!

– Não se preocupe. Aqui ele não entra! Aqui não existe feitor, minha querida. Somos todos irmãos em humanidade – disse Anália tentando acalmar aquela alma amedrontada. Logo, convidou-a a rezar uma ave-maria para depois agradecer pela vida restabelecida.

Acabada a prece, Anália chamou Amélia para fazer um repasto.

– Venha, pequena. Você precisa se alimentar. Vamos tomar um pouco do caldo que irmã Ambrosina preparou. Tome bem devagar, porque há dias você não se alimenta e pode lhe dar enjoo.

Enquanto alimentava vagarosamente a menina, pensava que nada sabia sobre sua história de vida, mas supôs que não deveria se diferenciar em quase nada das de tantas outras crianças negras daqueles dias, muitas delas abandonadas à própria sorte!

Os pensamentos da professora se voltaram para sua própria vida. Ela também, de uma forma muito diferente, sentia-se entregue à própria sorte, em razão de suas escolhas. Estava ali por ter sido expulsa da fazenda.

Antes da expulsão, se propôs a pagar o aluguel do espaço, antes cedido para continuar a ministrar aulas para os filhos dos empregados e dos escravos, que estudariam juntos, em horário diferente daquele dos filhos dos senhores de engenho. Mesmo assim, isso havia se tornado um escândalo. A senhora exigiu que seu marido, Coronel Sinhô, expulsasse Anália Franco "para dar fim à subversão que ela estabelecia, transformando a escola em asilo de negrinhos".

Em sua mente ainda ecoava o diálogo ríspido que havia tido com a dona da fazenda:

– Onde se viu juntar ralé com nobreza?

– Senhora, jamais supus que o convite para lecionar fosse para beneficiar apenas a parte das crianças desta fazenda que já nasceram privilegiadas. Não temos o direito de negar a instrução aos desfavorecidos e muito menos de separar brancos de negros, meninos de meninas, ricos de pobres. Minha crença é educar para libertar, para dar dignidade a cada um, segundo suas aptidões. Educação e instrução devem ser direitos outorgados a todos, indistintamente. É isto que transformará o Brasil em uma nação próspera.

– Mas onde a senhora pensa que chegará com estas ideias revolucionárias? Nunca, em momento algum, permitirei que os filhos da senzala se misturem com os filhos dos senhores!

Um gemido da menina trouxe a professora de volta para os cuidados necessários.

Instintivamente, começou a cantarolar uma cantiga de ninar para acalmar a criança e, enquanto enxugava o suor da testa da doentinha, refletia sobre seu verdadeiro papel.

Se restasse alguma dúvida sobre o que deveria ser feito, a chegada daquela menina moribunda havia dissipado suas indagações. Relembrou, em um átimo, sua trajetória. Desde seus quinze anos, quando começou a lecionar, tinha a certeza de que a educação igual para todos era o caminho da real libertação.

Aquele instante definiu o compromisso que assumia para toda sua vida: amaria a todos, sem distinção, dentro das suas possibilidades para ajudar a curar as feridas abertas não só no corpo, mas na alma de cada um que fosse chegando.

Em pouco tempo, usando seu salário de professora, conseguiu alugar uma casa velha ao lado da Santa Casa para atender às necessidades das crianças que chegavam sem parar. Sua fama já se espalhava pela região. Por isso, Euzébia sabia de sua existência.

Com o passar do tempo, a saúde da menina foi se restabelecendo. No entanto, a infecção do ouvido deixou sequelas: Amélia ficou surda do ouvido direito.

Aos poucos, sentiu-se mais confiante e conseguiu relatar os fatos que a haviam levado até a Santa Casa. Quanto mais Amélia contava, mais Anália tinha certeza de que aquele era o lugar onde deveria estar. E nada foi capaz de tirá-la de seu propósito. Nada. Nunca mais. Até o último dia de sua vida.

Capítulo 17

COERÊNCIA, CONSISTÊNCIA, CONSTÂNCIA

—Meu Deus... que história é essa, André Luiz! Essa Anália Franco devia ser de família muito rica. Não consigo imaginar como, só com o salário de professora, ela teria condições de fazer tudo isso!

– Pois é, Benjamin, parece impossível mesmo, mas o que ajudava bastante é que a família dela era bem relacionada e seus pais muito trabalhadores. A mãe dela já era professora, antes de 1850, já pensou? Era uma família bem incomum para a época. Quando Anália visitava as amigas e via aquelas mulheres que mal abriam a boca e nunca desobedeciam aos pais e maridos, achava que tudo era tão diferente do que acontecia na sua casa, onde as mulheres podiam opinar, trabalhar, ter seu dinheiro e fazer o que desejavam.

– Essa família vivia muito à frente de seu tempo, não?

– Muito à frente, em tudo. Você consegue imaginar que o pai levou alguns "pretendentes" para casar com Anália e ela dispensou solenemente cada um deles porque dizia "estar casada com o trabalho"?

– Realmente, é difícil imaginar isso acontecendo no tempo do Império! Fico pensando naquelas mulheres com os vestidos cheios de babados, com penteados que deviam demorar horas para ficarem prontos e Anália, uma mulher superprática e focada no trabalho, pouco ligando para convenções sociais.

– Foi tudo isso que sempre me fascinou. Anália não gastava tempo com bobagem. Pensava o tempo todo em como podia melhorar a condição de vida das mulheres e sabia que se elas fossem alfabetizadas e tivessem profissão, não estariam condenadas a uma vida de miséria e obediência cega aos homens. Como diria minha avó Aurora, mulher que não paga seu feijão e arroz é feito pano de chão: todo mundo pisa e ninguém dá valor. Pode soar pesado, mas pensa bem, faz sentido, não acha? E isso vale até os dias de hoje.

– Sempre sua avó Aurora, né? – disse Benjamin, como se estivesse pensando em voz alta.

– Claro! Ela vem da linhagem de Anália Franco, esqueceu?

– Mas afinal, sua avó Aurora é o que dela? Vocês são parentes? Seu sobrenome é Franco também.

– Somos parentes sim, mas não do jeito que você está imaginando.

– A esta altura, não arrisco imaginar mais nada... qual seria o parentesco de vocês, então?

– Deixa eu explicar – respondeu André Luiz. – Anália ficou solteira até os cinquenta anos, mas adotou dezenas de crianças órfãs e abandonadas, de diferentes origens e etnias. Minha tataravó Amélia foi uma dessas crianças.

– Como é que é? Você está me dizendo que no final do século retrasado uma mulher branca, jovem, solteira, professora, que não era rica nem nada, adotou um monte de crianças?

– Isso mesmo. Você entendeu bem. E muitas delas eram filhos de escravos, que estavam abandonados à própria sorte, porque não serviam mais para os fazendeiros depois da Lei do Ventre Livre.

– Rapaz, por mais que eu tente, não consigo acreditar que vivi até hoje ignorando a existência dessa criatura fascinante!

– Pois é, muitos não têm a menor ideia de quem tenha sido Anália Franco, apesar do bairro e do *shopping* que levam seu nome. Mas isso é bem comum, poucos se preocupam em saber quem deu nome à sua rua, seu bairro... essas coisas que fazem parte de nosso dia a dia e não prestamos atenção. Mas no caso dela, vai além. Você nunca parou para pensar que toda vez que aparecem pessoas que estão à frente do seu tempo elas são incompreendidas? E, às vezes, até consideradas traidoras? Incomodam, né?

– E como! A História não costuma dar colher de chá àqueles que não sentam à mesa com os poderosos – refletiu Benjamin.

– Concordo com você. Anália foi absolutamente fora dos padrões, ela não se curvou a ninguém. Me emociona pensar na sua coerência, na sua ética irretocável. A sensação que tenho é que tudo que ela fazia vinha do mais profundo de sua alma. E o que mais me encanta é saber que nada disso era para escandalizar. Ela fazia porque acreditava que era o que devia ser feito, mesmo que tivesse que ir contra tudo e contra todos.

– André Luiz, estou impressionado com a retidão dessa mulher. Nós que trabalhamos com Ética, sabemos como é difícil se manter íntegro o tempo inteiro. Imagino o quanto ela deve ter sofrido represálias e recebido críticas ácidas de muitos lados...

– Verdade. E ela é incompreendida por muita gente até hoje. Não é fácil ir à raiz das questões, aos tecidos mais profundos, onde todo ser humano tem a mesma cor. Quase ninguém se dá conta de que a tal cor da pele diferente só aparece nos três milímetros de fora. Por dentro, depois disso, somos iguais.

– Pois é... afinal todo sangue é vermelho e os órgãos de todos os seres humanos têm a mesma cor, né?

– Ora, como você sabe disso? O médico aqui sou eu!

– André, eu estagiei meses no Instituto Médico Legal no tempo da faculdade. Acredita que pensei em fazer criminal? Ainda bem que mudei de ideia a tempo. Bioética combina mais comigo!

– Benjamin, se você tivesse ido para a criminal a gente não teria se encontrado neste avião indo para o mesmo congresso. Eu também pensei, em algum momento, ser neurocirurgião. Ainda bem que escolhi ser geneticista. Depois deste voo turbulento e do congresso, algo me diz que sua intuição sobre encontrar um parceiro de trabalho vai acabar se tornando realidade. Bom, para falar a verdade, eu não acredito muito em coincidências...

– Tomara, porque um dos meus objetivos nesse congresso era mesmo encontrar um sócio!

– Isso mereceria um brinde, mas já que estamos aqui no avião e não tem como brindar à altura, vou brindá-lo com uma das incríveis histórias de Anália, uma das minhas preferidas, embora toda vez que eu conto tem alguém que torce o nariz. Mas eu tenho certeza que você vai entender e gostar.

– Conte, por favor! Estou adorando conhecer Anália Franco, quanto mais histórias, melhor. Obrigado por compartilhar este tesouro comigo.

Os dois homens, sem precisar trocar uma só palavra, se deram conta de que o elo da infância não havia se perdido de todo. Algo ainda os ligava e sentiam que naquele voo nascia uma nova conexão entre eles. Passados alguns segundos, André Luiz iniciou o relato. Benjamin acompanhava a história com muita curiosidade.

– Das tantas crianças que criou, havia Maria Nielsen, descendente de alemães. Havia também João Batista, descendente de escravos. Ele se apaixonou por Maria quando se conheceram. Dizia aos quatro ventos que se casaria com ela quando fossem adultos. Mas quando Maria saiu do asilo, acabou se casando com um candidato que prometia felicidade duradoura e estabilidade financeira. O casamento não deu certo. Ela resolveu se separar do marido e reencontrou João Batista. Finalmente, eles foram viver a adiada história de amor da juventude. Um improvável final feliz em tempos que não previam nem separações, muito menos casamentos inter-raciais.

– Histórias improváveis, como tantas que ficam ocultas e que são julgadas sem que se conheçam todos os lados... É, André, Anália Franco quebrou muitos paradigmas, por isso histórias como essa puderam existir. Estou emocionado, de verdade. Como eu queria que ela ainda estivesse viva. Pessoas assim andam fazendo falta!

– E como! É óbvio que a bem poucos interessa que sua obra seja conhecida por muitos. Foi conveniente para muitos que sua obra ficasse relegada às sombras na esteira do tempo. Ela lutou para derrubar as fronteiras e os preconceitos que só servem para segregar as pessoas, por isso sofreu oposição de todos os lados. A permanência dos guetos é bem favorável aos dominadores de plantão, você concorda?

– Guetos, eugenia, preconceitos, superioridade de raças: tudo o que atrasa nossa humanidade. O que segrega, não agrega.

– Essa é a frase! Tenho certeza que Anália sabia disso, por isso ajudava todas as pessoas que chegavam a ela a se alforriar de seus grilhões internos.

– Pelo visto, ela antecipou a cultura da empatia. Falo tanto disso com meus alunos!

– Com certeza ela já entendia o que hoje chamamos de cultura da empatia. Embora não tenha ficado deitada no chão frio e úmido da senzala, não tenha sentido o peso das correntes nem a dor de uma chibatada nas costas e muito menos ter sido queimada a ferro quente, ela experimentou amor por tantas pessoas desconhecidas e teve a ousadia de amar os que pareciam "inamáveis".

– Inamáveis... forte isso... que conceito complexo. – Benjamin tentava elaborar tudo o que André Luiz contava.

– Tenho certeza que ela compreendia que a maior dor não é a impressa no corpo, mas sim a que fica no coração. Sabe, Benjamin, aprendi com minha vó Aurora, que aprendeu com sua avó Amélia, que dor é uma mala carregada pela eternidade e que só vai perdendo seu peso à medida que aprendemos a nos alforriar de nossos próprios medos. Isso tem me ajudado muito ao longo da vida.

– André, me diz uma coisa: em que ano sua tataravó Amélia encontrou Anália Franco?

– Foi em 1872, um ano depois da Lei do Ventre Livre.

– E você? Soube disso com que idade?

– Eu soube aos poucos, diferente de minha irmã Ana-linha, que precisou ouvir tudo praticamente de uma só vez, por causa de sua famosa mordida.

– Ai, de novo a bendita da mordida que desencadeou toda esta conversa! Acho que ainda não pedi desculpas. Você aceita se eu pedir agora?

– Engraçado... eu desejei tanto esse pedido de descul-pas! Mas agora, parece não fazer o menor sentido. Está per-doado, se isso serve de consolo – disse sorrindo.

Entre o tempo em que tinham ouvido seus nomes no alto-falante do aeroporto de Guarulhos até este momento, pareciam ter atravessado uma eternidade.

– Obrigado, André Luiz. Pelo perdão e por me apre-sentar Anália Franco.

André Luiz sorriu com o olhar.

– Minha avó dizia que perdoar é como polir um arra-nhão feito numa lousa como as que se usavam no tempo da Abolição. Demora para apagar. Demora para desaparecer. Só o tempo educa para o perdão. Isso era passado às crianças por Anália. Eu não disse que ela era incrível? Uma persona-lidade única em sua coerência, consistência e constância?

Benjamin, emudecido, tentava controlar as lágrimas que escorriam alheias a sua vontade. Uma comissária de bordo que passava naquele momento ofereceu um copo de água e perguntou se estava tudo bem. Avisou que em poucos minutos começariam o procedimento de pouso em Frankfurt. Ambos agradeceram, voltaram as poltronas para a vertical, apertaram os cintos e, cada um, internamente, agradeceu à vida por aquela oportunidade.

Capítulo 18

A AMIGA DAQUELES QUE NÃO TINHAM AMIGOS

Quando as luzes foram reduzidas para o pouso, André Luiz fechou os olhos e voltou a um tempo que não era fácil de ser revisitado. Mais uma vez, seu pensamento voou para 1973. Viu sua mãe fechando a porta da casa de sua infância no dia da mudança.

A última caixa foi colocada no caminhão. Ana fechou a porta do sobrado em que vivera seu sonho de família com Edmundo e as crianças. Suas olheiras escuras e o inchaço dos olhos eram impossíveis de disfarçar, por mais maquiagem que estivesse usando. Não conseguira dormir um único minuto na noite anterior.

Analinha segurava a mão de Dedé, tentando protegê-lo de algo que ela mesma não conseguia se defender. As lágrimas escorriam sem parar, mas ela não falava uma só palavra. Dedé puxava seu caminhãozinho e dizia que iria para o quarto novo dirigindo e buzinando fon-fon.

Chegando ao prédio da avó Aurora, que as esperava na portaria, as crianças correram para abraçá-la. Em meio a tantas perdas, conviver com a avó era sempre um ganho. Ana tinha certeza de que o apoio da mãe, naquele momento, seria fundamental. Mesmo que, aparentemente, perdesse sua liberdade. Sentia-se aliviada por dividir o peso da situação com aquela mulher de extraordinário equilíbrio. Sabia também que não caberia mais naquele passado sem possibilidade de futuro.

Aurora havia preparado o quarto da neta com tudo do que ela mais gostava. Na porta, pendurou um quadro de tapeçaria, bordado por ela mesma, com borboletas coloridas e os dizeres "Bem-vinda, Analinha". Na porta do outro quarto, a tapeçaria era em forma de carrinho e com os dizeres, "Bem-vindo, Dedé". O caminhão da mudança chegaria com as roupas, os livros e os brinquedos das crianças.

Ana deixou para trás tudo o que não queria levar consigo para a nova vida. Edmundo aproveitou os móveis do casal para remobiliar o apartamento da nova mulher.

Analinha, na janela da sala, suspirava com olhar distante. A avó percebia a tristeza da neta e o quanto ela tinha dificuldade em expressar o que lhe causava incômodo. Dedé corria de um lado para o outro, explorando cada centímetro do apartamento da avó, como se nunca tivesse estado lá antes. Ana achou por bem levá-lo para gastar aquela energia toda na praça do final da rua.

Tão logo a mãe e o irmão saíram, Analinha pediu à avó que fosse com ela até o seu novo quarto.

Deitou-se na cama e começou a chorar. A avó sentou e colocou a cabeça da menina em seu colo. Adivinhava a angústia que invadia o coração da neta.

– Você quer contar para a vovó o que está se passando nessa cabecinha? Quem sabe eu posso ajudar você de alguma forma?

– Vó, vou ter que começar tudo de novo...

– Começar "tudo de novo" o quê?

– Eu não sei se vou gostar da escola nova, se alguém vai querer ser meu amigo, se vai ter outro Benjamin chato pra morder meu irmão, se o que aprendi na escola antiga vai servir. Eu não quero ser a mais atrasada da classe, vó! E se eles forem iguais àquela Betina e falarem que eu não posso estudar lá porque eu sou "de cor"?

– Meu amor, vamos por partes. De tudo o que você falou, o que a está incomodando mais?

– Tudo vó! Tudo!

– Sim, entendo que todas as coisas que você disse são motivo de sofrimento. Mas não podemos resolver tudo de uma só vez. Lembra quando a vovó disse que nem tudo é o que parece? Aquela história da minha avó Amélia, sua tataravó, que foi abandonada na mata, não parecia ser a história mais triste do mundo para uma criança viver?

– E não é a coisa mais triste do mundo, uma criança ser abandonada daquele jeito? Vó, tenho certeza que eu vou ser a única filha de mãe desquitada da escola! Pensa que eu não vi as vizinhas olhando pra minha mãe e cochichando "lá vão os filhos da desquitada, Deus me livre meus filhos brincando com eles! Vão ser uma péssima influência!". E eu nem sei o que é uma péssima influência, mas antes de o meu pai ir embora, a gente brincava com as outras crianças da rua, depois ninguém mais deixou os filhos brincarem com a gente! E aposto que vai ser igual na outra escola, só eu e o Dedé vamos ser "de cor", que nem a nojenta da Betina falou!

Analinha chorava desesperadamente. Nem a avó Aurora conseguiu segurar a emoção e as lágrimas. Sentia o temor e o desamparo que a neta antecipava.

Aurora respirou profundamente, pedindo inspiração ao Alto. Era uma mulher de ciências, mas tinha uma fé inabalável. Buscou colocar essa fé a serviço da cura de sua neta, tentando falar à menina de forma que ela pudesse apreender a essência do que precisava ser dito.

– Minha querida, o que teria sido da vida de minha avó Amélia se não tivesse ido ao encontro de sua nova oportunidade? Foi por ela ter escolhido viver, que nós existimos hoje e podemos falar sobre sua história. Euzébia disse o que era para ser feito, mas Amélia poderia, simplesmente, ter paralisado diante daquela mata assustadora e morrido de sede, fome ou ter sido devorada por algum animal. Mas não! Ela decidiu tentar. Com suas perninhas finas e feridas, seu ouvido purgando, fraca, e se sentindo completamente só, seguiu sem olhar para trás. Usou seu último fiapo de força para alcançar o povoado antes de desmaiar. E foi por acreditar que havia esperança que conseguiu ser resgatada. Quando a vida tira de nós aquilo que acreditamos ser o melhor, é porque só estamos vendo um lado da história, e talvez o melhor esteja exatamente do outro lado – como de fato aconteceu com Amélia.

– Ih, vó! Lá vem você de novo com esses papos de lados que eu não entendo direito. Você tá querendo dizer que na escola nova vai ser mais legal do que na antiga, que eu estudei a vida inteira e que eu conheço todo mundo?

– Não sei, Analinha. Mas se você não tentar, nunca saberá. A minha avó Amélia achava que não teria mais nenhum amigo, mas encontrou a melhor amiga de sua vida, que a criou como se fosse sua própria filha, dando amor e todas as condições para que ela pudesse reconstruir sua história com dignidade. Ainda bem que Amélia encontrou a amiga de quem não tinha amigos.

– Mas, quem era essa amiga de quem não tinha amigos, vó?

– Aquela de quem você leva o nome: Anália Emília Franco, uma mulher que teve a coragem de viver e lutar por seus ideais até o último dia de sua vida.

– Ah, então já vou chegar na escola falando que eu sou tataraneta da melhor amiga de quem não tinha amigos e que se alguém fizer alguma coisa ruim comigo e com meu irmão ela vai descer do Céu e bater em todo mundo!

Aurora não pôde se conter nessa hora e caiu na gargalhada.

– Vó! Do que você tá rindo? Você acabou de falar que ela é muito poderosa!

– Poderosa mesmo. Mas jamais bateu em alguém. Educou centenas de crianças de um jeito muito diferente. Naquela época, os professores usavam até castigos físicos para punir quem errava, usavam palmatória, mas ela sabia que raiva e violência não educam ninguém. Pena que, até hoje, há pessoas que acreditam que criança não tem querer, nem sentimentos. Pensam que só por serem adultas podem mandar e obrigar as crianças a obedecer, mesmo quando as mandam fazer coisas erradas, como mentir.

– Mas existe adulto que manda criança fazer coisa errada? Minha mãe diz que mentir é feio!

– É, Analinha, esse assunto é muito complicado. Mas vou te dar um exemplo para ficar mais fácil de você entender:

sabe quando toca o telefone e a pessoa manda dizer que não está em casa, quando na verdade está? Ah, talvez você não entenda esse exemplo, porque isso não deve ter acontecido na sua casa. Deixa eu pensar em outro.

– Eu entendi, vó! Porque antes da gente se mudar, eu ouvi meu pai falar isso mesmo pra minha mãe quando ela disse que o telefone era pra ele.

– Analinha, seu pai fez isso mesmo? Na sua frente? Tem certeza?

– Não foi na minha frente, não, vó! Eu tava entrando na sala e ele tava de costas!

A avó se sentiu aliviada. A decisão da filha pelo desquite tinha sido a melhor. Depois de tudo que seu genro já havia feito, essa atitude só reforçava que quando as convicções em relação a mentir ou dizer a verdade são tão diferentes, o melhor mesmo é cada um seguir seu caminho.

– Bom, minha querida, de vez em quando as pessoas nos pedem para fazer coisas que não concordamos. Fomos criadas para nunca faltar com a verdade. Mas, às vezes, a verdade pode ser dura demais. Há um tempo ideal para que ela possa ser revelada a cada um que precise conhecê-la.

– Não entendi isso que você falou, vó.

– Vou tentar te explicar com outro exemplo. Lembra quando seu avô Álvaro estava muito doentinho e partiu? Quando seu pai o levou ao médico, ficou sabendo que ele teria pouco tempo de vida. Mas não contou para seu avô. Isso não é mentir. Ele poupou o pai dessa verdade, que não serviria para outra coisa que não fosse aumentar o sofrimento dele. Ficou mais fácil de entender agora?

– Ah, que nem aconteceu quando a mãe da Mônica descobriu que o cachorrinho dela tinha ficado doente e levou no veterinário, mas não contou pra ela. Ainda bem que o Pingo não morreu, né, vó?

A avó abraçou a menina e percebeu que faltava dar à neta o alicerce necessário para transpor aquele momento de insegurança.

– Quando você crescer, vai entender melhor tudo isso que a vovó está falando. Tenha a certeza que você não está desamparada: sua mãe e eu estaremos ao seu lado para ajudá-la a enfrentar os novos desafios, sejam eles quais forem. Nunca duvide do quanto você é amada!

Capítulo 19

A CONEXÃO

Benjamin estava ansioso para esticar as pernas e ouvir o resto de toda aquela incrível história. A conexão em Frankfurt demoraria algumas boas horas. Quando recebeu as passagens para o congresso, ficou muito incomodado com um voo tão demorado. Questionou o longo tempo da conexão. Mas o que antes parecia um castigo, agora se mostrava uma dádiva.

Os dois homens seguiram para onde aguardariam o voo para Oslo. A sala de embarque tinha confortáveis poltronas, o que facilitaria a espera e a continuidade da conversa. O aeroporto era repleto de lojas, restaurantes, entretenimentos e até um terraço panorâmico, mas nada disso atraiu a atenção de Benjamin e André Luiz. Eles estavam tão mergulhados naquela atmosfera, entre passado e presente, que nem cogitaram parar aquela conversa que estavam tendo desde que haviam se molhado com a água derramada pelo comissário.

A saga da família Franco, pelo visto, ainda tinha muito a ser revelado. Pegaram um café e continuaram. Quanto mais André Luiz contava, maior era a indignação de Benjamin.

– André Luiz, continuo inconformado por nunca ter ouvido nada sobre a vida dessa mulher extraordinária.

– Se você já está achando ela fabulosa, vai se apaixonar por ela com a próxima história. É digna de uma heroína de novela, mas aconteceu de verdade. Lembra quando Anália Franco foi expulsa da fazenda e foi morar com as irmãs de caridade na Santa Casa e depois acabou alugando a casa ao lado?

– Lembro. Foi logo depois que sua tataravó Amélia fugiu da fazenda e foi parar lá, certo?

– Isso mesmo. A história que vou contar é desse tempo da casa alugada. Você não vai acreditar o que ela teve coragem de fazer.

– Lá vem... o que mais ela fez?

– O que mais? Você não viu nada ainda. Quando o dinheiro acabou e estavam passando fome, ela não pensou duas vezes: deu banho nas crianças, as vestiu da melhor forma possível e saiu com seus alunos sem mãe para pedir esmola. Foram todos descalços, inclusive ela.

– Ela saiu descalça? Como assim?

– Isso mesmo que você ouviu. Descalça e, ainda por cima, em dia da procissão mais importante do ano.

– Ai! Deve ter sido um escândalo... o que as pessoas falaram?

– Vamos por partes, Benjamin. A história é longa.

– Conta logo! O que aconteceu?

– Bom, primeiro ela foi à igreja com os bebês e as crianças. Eram ao todo quase cem. Imagina a cena. Anália sabia que não era permitida a entrada de negros na igreja, mas, mesmo assim, entrou sem pedir licença a ninguém. Ela e as crianças se ajoelharam em torno da imagem de Nossa Senhora e começaram a rezar. As poucas pessoas que passavam por ali acharam a cena insólita. Olhavam com desdém e até mesmo com repugnância, mas ninguém teve coragem de expulsá-los. Quando saíram, deram de cara com a procissão. Ela esticou a mão e começou a pedir esmola.

– Sou capaz de imaginar a cena e a cara de desagrado dos que estavam na procissão, vendo Anália com aquele monte de crianças descalças. Deve ter sido um escândalo e tanto!

– Se foi! Se hoje um grupo de crianças em situação de rua andando juntas ainda apavora muita gente, pensa naquela época: uma mulher branca descalça, com um grupo de crianças negras famintas mendigando no meio de tão "distintas" pessoas? Claro que ninguém ajudou.

– Clássico. Então ela e as crianças voltaram para casa de mãos e barrigas vazias.

– Exatamente – completou André Luiz.

– Rapaz... o que é isso! Ela foi incrível. Pelo visto, preconceito não existia no seu dicionário.

– Não mesmo! Ela não fazia qualquer distinção entre as pessoas. O que ela não concebia era que existissem pessoas excluídas dos direitos básicos que todo ser humano precisa ter.

– Mas, André, sabe o que me choca? Pensar que até hoje, mais de cento e cinquenta anos depois, pouca coisa mudou em relação a esse desequilíbrio social. Apesar de tudo que a ciência já provou, as pessoas ainda querem defender "seu quintalzinho", sem perceber que, com isso, dividem muito mais do que somam.

– É porque cada segmento quer ser mais favorecido do que o outro. Tentam menosprezar o direito do outro a ter direitos. Por isso sou apaixonado por Anália Franco, que sozinha fez mais do que muitos homens de sua época não teriam feito juntos.

– É exatamente isso, André. Ouvindo você contar essa história, me dá a impressão que as pessoas que presenciaram toda a cena não entendiam que, na verdade, ela não estava levando aquelas crianças para mendigar. No fundo ela estava resgatando a dignidade daqueles que sofriam, sem precisar falar nada. E se colocava lado a lado, mostrando que não há melhores nem piores.

– Se minha avó estivesse nesta sala, participando da conversa, diria que "toda oportunidade de sermos melhor para o outro é melhor do que ser melhor do que o outro". Perdi a conta de quantas vezes eu e minha irmã ouvimos essa frase.

– Eu ia gostar muito se ela estivesse aqui contando essa história junto com você – disse Benjamin sorrindo.

– Se vovó estivesse aqui, os dias do congresso e o voo de volta para São Paulo não seriam suficientes para tanta história. Mas já que ela não está, vou continuar minhas elucubrações só com você: já se deu conta de que, em toda a história da humanidade, sempre aparecem exploradores e explorados, subjugadores e subjugados, desde que o mundo é mundo? Só mudam os cenários e os personagens. A trama é praticamente a mesma. O oprimido e o opressor só mudam de acordo com a oportunidade. Você acha errado eu pensar assim?

– De maneira alguma, André Luiz. Foi por pensar dessa forma que escolhi minha especialização, que acabou se transformando em minha missão. A Bioética nos coloca a todos no mesmo lugar de fragilidade e dignidade perante a lei da vida.

Benjamin foi tomado de uma comoção, como se todas as suas escolhas tivessem sido feitas para chegar até esse momento. Com os olhos marejados, profundamente emocionado, deu um abraço em André Luiz, que, mesmo desconcertado, retribuiu e emendou:

– Seu coração ainda aguenta mais histórias, ou prefere parar por aqui?

– Parar? De jeito nenhum! Agora eu quero saber tudo. Pode ficar contando até o último dia do congresso, se for necessário.

– Para contar toda a história de Anália Franco – disse André sorrindo –, precisaria de uma vida inteira. Mas o mais importante agora é você entender como o trabalho dela mudou os rumos da minha família. Acho que até chegar a Oslo consigo terminar. Ainda temos algumas horas pela frente.

Capítulo 20

UM POUCO MAIS DA SAGA DOS FRANCO

Amélia crescia agarrada à mãe adotiva. Logo mostrou-se estudiosa, interessada e habilidosa com atividades manuais. Aprendeu, desde cedo, o valor do trabalho. A partir de sua geração, as mulheres da família Franco tiveram acesso a estudo de qualidade e a um ofício que lhes proporcionou independência e força moral. Marido nenhum ousava dizer o que deveriam fazer. Ali nunca se ouviu "lugar de mulher é na cozinha, esquentando barriga no fogão e esfriando no tanque".

Quando Amélia acabara de se tornar mocinha, foi com sua mãe para São Paulo. Anália não a encorajava a seguir o padrão habitual da época, em que as moças se casavam antes mesmo de completar dezoito anos. Por isso, Amélia só pensou em casamento quando já era uma costureira estabelecida, sendo modista da alta sociedade paulistana.

Em uma visita a uma cliente, conheceu Antônio, ainda estudante de Medicina. Sua mãe, Estelina, tinha muito orgulho do futuro doutor que seu filho se tornaria. Ela só não contava que Antônio fosse se apaixonar por Amélia. O primeiro olhar que trocaram foi suficiente para perceber que ali nasceria uma longa história de amor.

Começaram a se encontrar para o chá da tarde em uma confeitaria no centro da cidade. Conversavam sobre muitos assuntos. Ambos gostavam de ler e apreciavam teatro, música e artes. Em uma tarde chuvosa, viram dona Estelina adentrar o salão com sua amiga Palmyra. Assim que as viu, o rapaz chamou as duas para se sentarem à mesa com ele e Amélia. Jamais poderia imaginar a reação de sua mãe.

– Antônio! Pode me explicar o que esta negrinha está fazendo sentada ao seu lado? Como o sr. Apolinário permitiu a entrada de uma criatura dessa laia no seu estabelecimento?

Antônio ficou perplexo. Afinal, havia conhecido Amélia em sua própria casa. Não compreendeu de imediato o que se passava. Foi quando olhou o semblante de Palmyra, esboçando um sorriso cínico, que compreendeu que sua mãe não aprovaria aquele namoro.

A mãe não deu tempo para Antônio responder.

– Se você está pensando que eu e seu pai teremos qualquer tolerância com sua conduta, tire seu cavalo da chuva.

– Sim, minha mãe. Tirarei meu cavalo da chuva. Mas levarei Amélia comigo.

– Pois, sendo esta sua decisão, saiba que a porta da rua é a serventia da casa. Assim que seu pai voltar de viagem, pedirei a ele para tomar as devidas providências para deserdá-lo.

Amélia e Antônio acabaram se casando sem as bênçãos dos pais do rapaz. Antônio não pôde terminar seus estudos, nem voltar a conviver com seus irmãos.

Anália se preocupava com a tristeza do genro, pois temia que ele não tivesse firmeza para suportar o abandono de sua família. Amélia havia sido forjada na têmpera da dor, mas transformada pelo amor. Ele, por mais amor que recebesse no novo lar, não conseguia superar a vergonha e a forma cruel com que haviam matado seus sonhos. Tornou-se varredor de rua, mas o trabalho modesto o deixava sem esperanças. Já era pai de Amazília e Paulo quando se entregou ao vício da bebida. Em pouco tempo, Amélia enviuvou e se tornou responsável pela educação de seus dois filhos e pelo sustento de todos.

Amélia acabou se entregando ainda mais ao trabalho. Anália havia criado uma associação, a AFBIESP – Associação Feminina Beneficente e Instrutiva de São Paulo, porque estava preocupada em formalizar os trabalhos das instituições que ela criou. Receava que tudo se perdesse, caso acontecesse de ela ter de se afastar por algum motivo. Amélia e os filhos foram incansáveis colaboradores da Associação. Amazília, inclusive, seguiu os passos da avó adotiva, tornando-se professora bem jovem e fazendo parte, desde o início, da equipe de educadores da Fazenda Paraíso, outro local criado por sua avó. Foi lá que Anália Franco realizou grande parte de seus sonhos e deu vida a seus ideais.

Anália sonhava com o dia em que a Humanidade seria mais justa e fraterna, e realizava este sonho por meio de suas ações. Até os cinquenta anos havia sido casada com o trabalho. Foi só então que encontrou o amor de sua vida, que abraçava os mesmos ideais libertadores que ela abraçava. Viveu com ele por algum tempo até que decidiram se casar.

Capítulo 21

DA FAZENDA À UNIVERSIDADE

Ainda faltavam duas horas para que pegassem o voo para Oslo. André Luiz e Benjamin estavam visivelmente cansados.

— André Luiz, estou encafifado. Me perdoe, mas, ao longo do seu relato, muitas vezes me perguntei: a que horas essa mulher dormia? Como ela fez isso tudo em tão pouco tempo, se nem telefone direito tinha naquela época.

— Pois é. Sempre perguntei a mesma coisa para minha avó. Aliás, eu já contei que minha avó nasceu na Fazenda Paraíso?

— Mas, espera aí: sua avó Aurora também conviveu com Anália Franco?

— Sim, por poucos anos, na primeira infância.

— Então tudo se explica. Não é à toa que sua avó é essa pessoa íntegra, esclarecida e lúcida. Ela vem de uma linhagem de mulheres emancipadas, influenciadas por uma verdadeira revolucionária do amor. Uma feminista conciliadora. Ah, olha eu aqui querendo rotular uma pessoa que passou a vida inteira lutando contra preconceitos e não rotulou ninguém. Me perdoe. Ela é um ponto muito fora da curva.

– Serene seu coração, rapaz. Anália não te julgaria se estivesse aqui conosco, porque não acredito que ficasse magoada com o que você pensou – disse André Luiz com uma risadinha.

– Está bem. Estou sendo repetitivo, mas é triste constatar que toda esta maravilha esteja oculta pela névoa da História.

– Se é difícil para você, calcule como é para nós, sobretudo como era para minha avó Aurora. Ela tinha verdadeira devoção por sua bisa adotiva. Aliás, vou aproveitar para contar a você como foi que seguiu a saga da nossa família, antes que chamem o voo para Oslo.

– Boa ideia! Já pensou se no próximo voo a gente cai num vácuo outra vez? Não sei se vou conseguir continuar ouvindo com a mesma serenidade.

– Nem brinque com isso, Benjamin! Mas vamos lá, porque agora você vai ficar de queixo caído com o que vou contar. A minha bisa Amazília tinha dotes artísticos e era uma das integrantes da Banda Musical Feminina e do Grupo Dramático Musical criados por Anália.

– Banda Musical Feminina? Só de mulheres?

– Exatamente. Foi a primeira do Brasil formada apenas por mulheres. Mas preste atenção no esquema empreendedor que Anália inventou a fim de arranjar dinheiro para cobrir as despesas das instituições. Você não vai acreditar! Ela chegava antes do grupo, contratava os teatros, conseguia hospedagem e distribuía panfletos com a propaganda do espetáculo. O mais engraçado é que estava escrito que os espetáculos eram familiares e não ofendiam nenhuma religião!

– Não! Impossível!

– Impossível? Essa palavra não existia no dicionário dela. Foi numa dessas excursões no interior do estado de São Paulo, inclusive, que minha bisa conheceu seu marido Manuel. Ele era ferroviário e, ousadamente, roubou um beijo da amada quando passaram por um túnel, no passeio de trem que havia conseguido para as componentes da Banda.

– Espertinho esse seu bisavô, hein? Aposto que tiveram um monte de filhos – disse Benjamin, piscando o olho.

– Menos do que a maioria dos casais daquele tempo. Tiveram três filhos: minha avó Aurora e seus irmãos gêmeos, Edson e Antero. Eles passaram seus primeiros anos na Fazenda Paraíso, convivendo com seus pais e recebendo amor de todo mundo que também morava lá.

– E depois eles foram embora da Fazenda?

– Não por vontade própria. É que, infelizmente, os gêmeos viveram pouco. Aos quatro anos adoeceram e acabaram morrendo porque contraíram a gripe espanhola, a mesma que levou Anália.

– Ah, você está se referindo àquela epidemia de Gripe Espanhola que matou muita gente?

– Isso mesmo. Foi em 1919 que os irmãos de minha avó e Anália partiram desta vida. Como não poderia deixar de ser, ela cuidou dos doentes da Fazenda Paraíso até o último dia que teve forças.

– Quando penso que já ouvi tudo, você vem com mais uma história surpreendente.

– Pois é. Minha avó cresceu impressionada com a morte dos gêmeos. Seus pais não tiveram mais filhos. Depois de viver como a mais velha de três irmãos, ela se tornou filha única. Quando decidiu entrar na universidade, optou pela

Medicina. Mais do que clinicar, ela queria estudar formas de combater doenças infectocontagiosas. Não vou me estender muito, mas resumindo: ela chegou ao doutorado em um tempo em que as mulheres ainda usavam o CPF do marido e mal eram alfabetizadas. Mas era tão fiel às suas origens, que uma vez por semana lecionava voluntariamente no curso noturno de alfabetização para adultos. Casou-se com meu avô Francisco, que era militar e foi convocado para lutar na Segunda Guerra, durante a campanha da Itália. Morreu em combate, deixando minha avó viúva com dois filhos pequenos para criar. Meu tio Bento ainda era um bebê de colo. Meu avô morreu sem conhecê-lo. Quando embarcou, vovó estava grávida.

– Meu Deus! E eu achando que minha grande aventura de ter quatro filhos é que era heroica. Quantas histórias de superação na sua família, quantas dificuldades e preconceitos tiveram que enfrentar...

– Minha irmã e eu enfrentamos muitos preconceitos. Quando fomos para a nova escola, éramos os únicos negros. Perdi a conta das vezes que tivemos que responder que não éramos bolsistas, nem filhos de funcionários. Quantas explicações tivemos que dar ao longo da vida...

– Bom, ainda bem que estamos no século XXI. A sociedade já "desencaretou" um pouquinho, como diria meu caçula. Imagino que seus filhos não tenham que enfrentar tantos preconceitos como você e sua irmã nos tempos de escola.

– Engano seu, caro amigo. Eles enfrentam preconceitos por vários motivos. Posso mostrar a foto da minha família?

– Ué, mas você já me mostrou as crianças! Você não é viúvo?

– Sim, viúvo da minha primeira esposa. Depois de alguns anos, encontrei o segundo amor da minha vida. É um rapaz. Olha nossa foto na formatura do nono ano da Alice!

Benjamin, mais uma vez, ficou sem saber o que dizer. Não porque não soubesse o que falar, mas porque não caberia naquele momento o tanto que havia para ser dito. Estava profundamente agradecido à vida por aquele reencontro. Suspirou e disse:

– Obrigado. Obrigado por dividir mais essa história de amor comigo. Sua família, desde Sange, é de uma integridade inacreditável. Sua história de vida daria um livro. Aliás, uma saga!

– Eu sei. Já tive vontade de escrever. Mas ainda não criei coragem. Escrever seria expor de forma pública a história da minha família e não sei se meus filhos estão dispostos a enfrentar as consequências.

O alto-falante anunciou a chamada do voo para Oslo.

– Ih!, olha o nosso voo sendo chamado. Não podemos ser os últimos de novo! – brincou Benjamin.

– Qual o número da sua poltrona no cartão de embarque?

– B8.

– Que pena! A minha é C18.

Como não estavam marcados na mesma fileira, cada um seguiu para sua poltrona, um pouco aflitos por não poderem terminar o relato. Mas assim que ouviu que o embarque estava encerrado e as portas fechadas, Benjamin foi até a poltrona de André Luiz:

– O destino pregou mais uma peça na gente! Pode levantar daí: o passageiro que estava sentado ao meu lado trocou de poltrona. Tem um lugar vazio esperando pelo final da saga dos Franco!

– Só se for agora, como diz minha Alice. Vamos lá para eu poder te contar sobre minha irmã, que é casada, mas não quer ter filhos, curte os meus. Na verdade, vive rodeada de crianças.

– Como assim? Você não tem só dois filhos?

– Ela é psicóloga infantil. Trabalha em escolas, tem consultório particular, além de ser voluntária num abrigo para crianças vítimas de maus-tratos.

– E segue a tradição da família, que incrível! – disse Benjamin, balançando a cabeça.

Capítulo 22

NOVOS TEMPOS

Aurora e Ana se desdobravam para dar conforto emocional às crianças. Muitas mudanças tinham acontecido nos últimos anos.

O pai dos meninos mudou de estado e nunca mais deu notícias. Ana conheceu Ângelo, professor universitário, desquitado como ela. Ele não tinha filhos. Rapidamente se afeiçoou às crianças, o que aliviava os efeitos da ausência do pai. Depois de um ano e meio de namoro, resolveram morar juntos.

Analinha dormia na casa da avó duas vezes por semana, no mínimo. Aurora era a grande confidente da neta.

– Vó, você acredita que até hoje tem gente nova que entra na escola e pergunta se eu sou bolsista, filha de funcionário?

– E se fosse? Qual seria o problema? Não é menos digno do que ser aluno pagante, não é?

– Ah, vó, eu sei que você tem razão... é que eu escuto essas coisas desde que eu era pequena, será que vai ser assim a vida inteira?

– Bom, não quero parecer pessimista, mas é provável que sim. Também ouvi isso a minha vida inteira. E repara: a minha vida é um pouco maior do que a sua vida inteira. Eu vivia me perguntando se seria desse jeito para sempre. Também não foi fácil para mim, mas aos poucos fui entendendo que é a nossa atitude que faz a diferença entre termos ou não dignidade. Nós é que permitimos, ou não, sermos insultados, humilhados ou diminuídos.

– Vó, eu não sou forte como você pra enfrentar o preconceito.

– Não é que você não seja. Só não descobriu ainda o quanto você é forte. Nessas horas, sempre lembro de minha bisa do coração.

– A minha xará cheia de poderes, como eu queria ser igual a ela!

– E quem disse que você não vai ser cheia de poderes? Tem muito dela em você, muito mais do que você imagina. O que vejo de mais parecido em vocês é a determinação para alcançar seus objetivos e a defesa da verdade. Acho que esses eram os maiores poderes que ela tinha. Para ela e para nossa família, as conquistas vêm do esforço, do estudo, do trabalho e da dedicação.

– Então eu tenho alguma chance de ser que nem ela, né, vó? Porque eu nunca tive preguiça pra estudar, e nem tenho.

– Isso a gente sabe muito bem. Desde pequenininha você era aplicadíssima, caprichosa. Seu caderno da alfabetização era impecável, uma graça! Então, minha querida, pare de dar importância a essas bobagens. Tem sempre alguém para falar da vida alheia. Problema de quem fala, de quem pensa, de quem vive gastando tempo para julgar o outro no lugar de cuidar da sua própria vida.

– Só você pra me tirar da fossa e não me deixar cair nesse papo furado dessa gente fofoqueira. Você é incrível, vó! Eu te amo!

– Fofocam? Cochicham? Lembra quando você era criança, que a gente brincava de "quem cochicha o rabo espicha, come pão com lagartixa"? Você gargalhava e falava "largatixa". Sabe, amor, vovó sempre prefere pensar que, se o outro ainda nos agride, é porque não sabe fazer diferente. Só repete o que aprendeu com alguém que ainda não entendeu também.

Analinha riu e disse:

– Conselhos da Sábia Aurora, a coruja.

– A Sábia Aurora vai dar o último conselho da noite, porque amanhã nós duas acordamos muito cedo.

– Oba! Adoro seus últimos conselhos da noite!

– Não fique aprisionada ao passado, por mais triste que ele seja. O diamante não lembra que já foi carvão um dia. Se lembrasse, talvez não conseguisse ter brilho.

– Mas vó... não dá pra esconder a cor da minha pele.

– Esconder por quê? Não é para esconder. Muito menos para se sentir inferior. Talvez, essas experiências todas sirvam como base de tudo o que você vai usar no seu trabalho um dia. Você não anda pensando em fazer psicologia? Como uma pessoa, sem ter vivido qualquer dor na alma, vai poder entender a dor da alma de outra? Mais uma vez, a bisa Anália nos ajuda a ver as coisas como são, não como querem que vejamos.

– Ah, vó... queria tanto ter conhecido minha xará...

– Sim. Tenho certeza de que vocês teriam sido grandes amigas! Você teria aprendido com ela o que ela ensinava para todas as crianças: que temos que alforriar a nós mesmos, nos libertando pelo pensamento.

– Como assim, vó?

– Ela dizia que, para se sentir escravizado, não era necessário que o outro nos aprisionasse. É claro que ela sabia que escravidão é uma mancha na História do nosso país, aliás, da própria humanidade. Mas se pararmos para pensar, desde antes da Grécia Antiga existiu escravidão, quando um povo subjugava o outro. A abolição da escravatura no Brasil foi o primeiro passo de uma longa jornada em prol da real libertação. Por isso, a grande missão da bisa e o maior trunfo da nossa família foi o acesso à educação de qualidade. Essa é a verdadeira liberdade.

– Vó, quando olho pra você, tão elegante, tão sábia, minha corujinha preferida, só fico pensando: quando eu crescer, quero ser igual a você. Você é incapaz de guardar uma gota de mágoa no seu coração!

– Não é bem assim. Não é que eu seja incapaz de sentir mágoa. Eu me lapido todos os dias para que isso não aconteça. Aprendi a não guardar raiva do passado, meu amor. Ele constitui minha história. Não há nada mais triste do que não conseguir abraçar e acariciar a própria história. Podendo amá-la no presente, você transformará o seu futuro.

Avó e neta embalaram uma à outra, choraram em silêncio um choro que ecoou por gerações.

Capítulo 23

O REENCONTRO

Sentados lado a lado, mais uma vez, aqueles dois homens bem-sucedidos na carreira, a caminho de um congresso internacional onde exporiam seus trabalhos, reconhecidos por seus pares, viviam momentos de intensa emoção.

– Benjamin, falei durante horas. Não deixei você falar nada do que aconteceu na sua vida depois daquela mordida.

– Ah, dr. Franco – disse rindo –, minha história é simplória perto da sua. Mas devo confessar que, durante anos, minha mãe me advertia em relação a eu não poder morder mais nenhum amiguinho. Até quando passei no vestibular, ela me perturbou com isso. Acredita que falou: *Benjamin, nenhum outro André Luiz Franco em nossa vida, hein? Agora, na faculdade de Direito, você vai acabar sendo processado se morder algum colega.* Você também foi um "meme" na minha família. Fora que ela passou anos tentando descobrir porque eu mordi você, se nunca tinha mordido ninguém e nunca mais mordi.

– Então você não era o clássico mordedor do jardim de infância?

– Não, claro que não! Eu fui uma criança muito quieta, até meio palerma.

– Como assim? Afinal, por que você me mordia? Por que tentava me lamber toda hora? Passei a vida imaginando que não gostasse de mim, porque não mordia nem lambia mais ninguém!

– Mas era exatamente o oposto! Você era a criança que eu mais gostava na turma! Eu te mordia e lambia porque achava que você era de chocolate!

– O quê? De chocolate? Que ideia de jerico!

Benjamin estava estupefato. Via um homem falando, mas a reação era de uma criança.

– André Luiz, até chegar à escola no Brasil, eu nunca tinha visto uma pessoa que não fosse branca. Nasci numa ilha do Mar do Norte da Dinamarca, que não tinha nem três mil habitantes. Quando éramos crianças não existia internet, tevê a cabo, globalização... não tínhamos televisão em casa, minha mãe era contra. As únicas referências que eu tinha eram meus pais, avós, vizinhos, colegas de escola. Minha avó era uma grande contadora de histórias, adorava mitologias.

– Nossas avós, então, têm muito em comum. Cada uma em seu continente, tão distantes uma da outra, mas as duas mantendo a tradição de contar histórias para os netos. Minha mãe tinha mania de dizer que não dava para competir com vó Aurora. Ela dizia que "avó é mãe com açúcar".

– Se mãe com açúcar é avó, faz todo sentido o que vou te contar. Quando eu me sentia triste, nos meses de inverno, minha avó contava uma história muito especial sobre um *nisse* que vivia no meu quarto para me proteger. Fui uma criança medrosa, e como meu pai viajava muito, minha avó passava longos períodos em nossa casa para ajudar minha mãe.

– *Nisse*? O que é um *nisse*?

– São criaturas legendárias do folclore da minha terra, uma espécie de gnomo. Minha avó adorava recriar as histórias para que eu me sentisse mais forte, por isso ela inventava umas partes que nem existiam nas histórias originais. A que eu mais gostava era do *nisse* feito de chocolate. A gente ia para a cozinha e ela contava essa história enquanto preparava os bombons em forma de *nisse*. Ela mesma criava as formas para modelar o chocolate. Eu adoro chocolate. É o único vício que tenho! No final, quando os bombons ficavam prontos, primeiro eu brincava com eles e depois comia aqueles bonecos. Essa é uma das melhores lembranças que eu guardo da infância na Dinamarca.

André Luiz não estava entendendo nada. O que esses bonecos de chocolate tinham a ver com a tal mordida, afinal? Arriscou uma brincadeira, comentando que se fosse no verão do Brasil os bonecos derreteriam antes mesmo de acabar a brincadeira. Benjamin colocou a mão na testa, um pouco envergonhado e revelou:

– André, pode soar muito ridículo e absurdo o que eu vou contar. Recém-chegado ao Brasil, eu estava muito assustado, inseguro e mais medroso do que de costume. Não entendia nenhuma palavra, estava longe da minha avó e sem a minha mãe na hora da escola. E quando eu vi você pela primeira vez, achei que fosse uma espécie de *nisse* gigante de chocolate, que minha avó tivesse mandado para me proteger. Só podia ser!

– O quê? Você me confundiu com um gnomo gigante de chocolate? Que maluquice! Não posso acreditar! – disse

entre o riso e a perplexidade. – Sua mordida alterou o curso da minha vida: me fez mudar de escola, de bairro, de casa e tudo que já contei, só porque você achava que eu era de chocolate!

– OK. Parece maluquice. Mas é a mais pura verdade. Por isso eu esperava que você voltasse. Sua presença era a única coisa que não me deixava sentir tanto medo. Quando você sumiu da escola, me vi desprotegido. Você não imagina como foi difícil conviver com o vazio que ficou depois que você saiu da escola.

– Meu Deus! Não posso acreditar que essa seja a nossa história... passei anos sem entender aquelas mordidas, quando no fundo isso tudo era feito de afeto. Assim que voltarmos para o Brasil, vou organizar uma reunião de família para você contar essa história para minha mãe e Analinha, porque se eu contar, elas não vão acreditar.

– Mas você acredita em mim? Posso provar que sou chocólatra.

– Desde que não me morda de novo para provar, tudo bem – disse André Luiz, quase gargalhando.

E Benjamin foi tirando chocolates de todos os tipos de cada bolso do seu paletó.

André Luiz ria sem parar e lamentava que sua avó não estivesse mais entre eles para conhecer a verdadeira história da mordida.

Nesse instante, os alto-falantes anunciaram que o procedimento de pouso começaria em poucos minutos e que a temperatura em Oslo era de três graus negativos.

– Ainda está acostumado com esse frio ou vai virar picolé de nata? Olha que eu adoro sorvete de creme... – disse André Luiz, agora às gargalhadas.

A avó Aurora parecia estar sentada ao lado dos dois, dizendo: "Para saber a verdade e conhecer o certo, é preciso ver de perto" ou "nem tudo é o que parece".

De repente, aqueles dois homens feitos se abraçaram como meninos que nunca tivessem parado de brincar.

De longe, ecoavam vozes das gerações passadas.

Sange dizia: Meninos, prestem atenção! A vida é uma coisa grande, a vida é uma coisa só.

Benedita, emendava: Não guardem raiva, que empedra o coração, meninos.

Amélia, completava: Perdão é como polir uma pedra arranhada. Demora, mas um dia o arranhão fica tão fininho que não se vê mais.

Amazília, mandava: Estudem! Só a educação liberta o homem!

Aurora, refletia: O amor é o remédio que cura tudo.

Anália Franco afirmaria: A verdade é o que há de ficar, crianças, o que há de ficar!

Tantas vidas passadas a limpo em um só reencontro.

111

Epílogo

A mãe de tantos filhos sem mães deixou este mundo com a marca de sua obra: romances, contos, crônicas, poesias, peças teatrais, textos religiosos, canções, revistas, jornais, manual para mães, manual para creches, livros didáticos que orientavam com seu método as mais de cem instituições de educação criadas diretamente por ela, e outras centenas criadas sob sua inspiração, em todo o país. Entre elas, escolas maternais, liceus e escolas noturnas, escolas de alfabetização e curso primário para adultos e crianças, asilos-creches, escolas de idiomas e, finalmente, colônias educadoras e regeneradoras, fora as atividades criadas no campo artístico: a Banda Musical Feminina, o Grupo Dramático-Musical, grupo de teatro profissional, teatro infantil para crianças carentes e escola de música. Muitas dessas atividades, que excursionaram pelo interior do Brasil, fomentaram a criação de inúmeras instituições que funcionaram baseadas em seu método, sem necessariamente estarem ligadas à AFBI.

Seu grande companheiro, Francisco Antônio Bastos, a conheceu na inauguração da Associação e logo depois desse encontro, impressionado com a fibra moral daquela mulher, ofereceu-se como voluntário para qualquer trabalho em que pudesse ser útil.

Bastos lamentou que ela não tivesse visto a inauguração do seu grande sonho, o Lar Anália Franco, no Rio de Janeiro, então capital do Brasil, que só ficaria pronto três anos depois de sua morte e que existe até os dias de hoje.

Nós acreditamos firmemente que, se as diretrizes socioeducacionais de Anália Emília Franco tivessem perdurado e se consolidado como política pública, nossa História seria outra.

Este livro é nossa homenagem à história dessa grande brasileira, que tivemos o privilégio de conhecer por meio de sua obra e que, desde esse momento, nos inspira a continuar trabalhando em prol da infância e de uma educação de qualidade para todos.

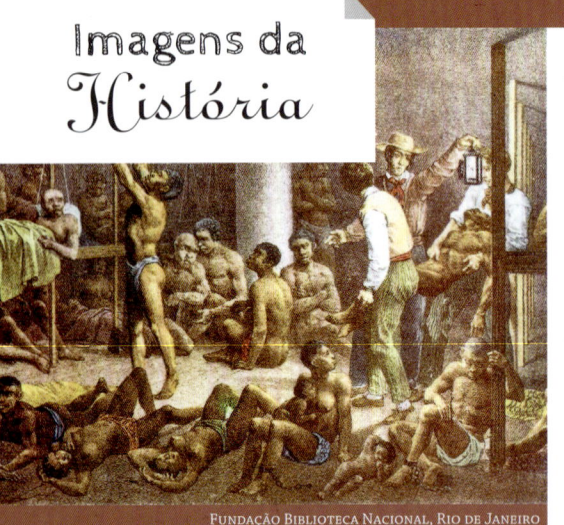

Imagens da
História

Até o século XIX, os negros africanos eram tratados como mercadoria e transportados para o Brasil em viagens que duravam meses sob condições desumanas, castigos e humilhações. Nos navios negreiros – ou tumbeiros, como eram chamados –, os escravizados eram mantidos acorrentados e espremidos, tinham de suportar temperaturas de até 55 °C, comida e água insuficientes, graves doenças e infecções, falta de higiene e violência sexual, no caso das mulheres. Somente a partir de 1840, depois de ter se tornado a principal comerciante de escravos do mundo, a Inglaterra passou a combater a prática. Estima-se que de 1525 a 1866 mais de 12 milhões de pessoas tenham sido transportadas em navios negreiros. Cerca de 13% não sobreviveram à viagem.

Negros no fundo do porão, de Johann Moritz Rugendas. Gravura publicada em 1835, representando um navio negreiro da época.

Fundação Biblioteca Nacional, Rio de Janeiro

Os escravizados eram trazidos para trabalhar em fazendas de cana-de-açúcar ou de café, em minas de ouro e de diamantes ou no trabalho doméstico. Eram submetidos a até vinte horas de trabalho por dia e viviam em péssimas condições nas senzalas. Tinham de enfrentar disciplina rígida, castigos severos e punições públicas. O senhor manifestava poder sobre os cativos por meio de violência, como o uso de correntes, chicotes e instrumentos de tortura para humilhá--los. Por isso, os índices de mortalidade nas fazendas eram elevados, e a expectativa de vida no final do século XVIII era de apenas 23 anos. Os que conseguiam fugir estabeleciam-se em quilombos, que, aos poucos,transformaram-se em verdadeiros centros de resistência ao regime escravocrata.

Escravos trabalhando em terreiro de uma fazenda de café na região do Vale do Paraíba-RJ, em 1882.

Marc Ferrez/Coleção Gilberto Ferrez /Instituto Moreira

Aprovada em 1871, a Lei do Ventre Livre determinou que os filhos de mulheres escravas nascidos a partir dessa data seriam livres e permaneceriam sob a proteção do senhorio até os 21 anos. Apesar de ser considerada precursora da abolição da escravatura – que ocorreu em 1888, com a assinatura da Lei Áurea – essa lei não teve os resultados que os abolicionistas queriam. Os senhores não tinham interesse em criar os filhos dos escravos sem ter retorno financeiro, o que gerou o abandono de muitas crianças negras.

Mãe escrava com seu filho, por volta de 1884, 13 anos após a determinação da Lei do Ventre Livre.

Marc Ferrez/Coleção Gilberto Ferrez /Instituto Moreira Salles

Anália Franco nasceu em 1853. No Período Imperial, a sociedade era extremamente conservadora e patriarcal, e a educação era um privilégio de poucos. Na contracorrente das mulheres de sua época e de mesma classe social, que se casavam cedo e se ocupavam com a vida doméstica, ela iniciou no Magistério aos 15 anos e participou ativamente da vida pública. Vendo tantas crianças abandonadas em consequência da Lei do Ventre Livre, fundou a primeira Escola Maternal para acolhê-las. Anália foi responsável pela fundação da primeira creche brasileira e fez da libertação da mulher uma de suas principais motivações, assim como a abolição da escravatura e a educação para todos. Ela atuou também como jornalista e escritora, e publicou vários livros e periódicos ao lado de expoentes feministas da época.

Anália Emília Franco (1853-1919).

SERGIO ISRAEL/PULSAR IMAGENS

A Associação Feminina Beneficente e Instrutiva, fundada por Anália Franco em 1901, criou mais de cem escolas maternais, creches, liceus, escolas noturnas, liceus femininos e asilos que ofereciam educação e proteção para crianças e mulheres carentes. Na AFBI, elas tinham acesso a cursos profissionalizantes, que geravam renda para a Associação com a venda dos produtos das oficinas de costura, chapéus e marcenaria. A AFBI também tinha uma gráfica que editava seus próprios materiais pedagógicos (manuais educativos criados por Anália Franco e utilizados nos projetos direcionados às docentes, às famílias e aos alunos), e foi responsável pela publicação do jornal *A Voz Maternal*, que divulgava o trabalho realizado ali, legitimando suas ações perante a sociedade. Essa foi talvez a primeira Associação dirigida por mulheres e para mulheres, crianças pobres e negros. O Lar Anália Franco de Jundiaí-SP segue em funcionamento desde 1912 (quando Anália Franco ainda era viva).

Fachada do casarão da antiga sede da Associação Feminina Beneficente e Instrutiva, no Jardim Anália Franco, em São Paulo-SP. Reformado, atualmente o local abriga um campus de uma universidade.

O bairro Jardim Anália Franco, em São Paulo-SP, começou nas terras que no passado pertenceram ao Regente Feijó e depois foram adquiridas pela Associação Feminina Beneficente e Instrutiva de Anália Franco. A propriedade é tombada pelo Patrimônio Histórico e deu origem ao bairro, que começou a se formar a partir de 1968. Atualmente o bairro abriga famílias de classe média alta da cidade e nele há atualmente *shopping*, parque e universidade.

Bairro Jardim Anália Franco, em São Paulo-SP. Na foto é possível ver o imóvel conhecido como Casa do Regente Feijó nas terras que no passado pertenceram a ele e depois foram adquiridas por Anália Franco, atualmente cercado pelos prédios da região.

REVISTA DO TATUAPÉ/GRUPO LESTE

Andrea Viviana Taubman e Anna Claudia Ramos

São amigas há alguns anos e têm muitas coisas em comum, uma delas é a admiração por Anália Franco. Cada uma delas a conheceu de maneira distinta. Andrea ouviu falar de Anália pela primeira vez em uma palestra do José Pacheco. Depois, em 2011, descobriu o livro *Anália Franco: a grande dama da educação brasileira*, de Eduardo Carvalho Monteiro. Mas a vida é curiosa, ela une pessoas e histórias quando necessário. Assim, um dia caiu nas mãos de Andrea a biografia romanceada de Anália Franco escrita por Bernardo Carneiro Horta. No mesmo período, Anna trabalhava como voluntária em uma Oficina de Leitura chamada Anália Franco. Andrea devorou o livro e o emprestou à Anna dizendo: "Você precisa ler este livro, há tempos quero escrever sobre essa mulher incrível, mas não quero escrever sozinha!". No fundo, já estavam seguindo os passos de Anália Franco sem saber. No inverno de 2017, depois de meses estudando e pesquisando, viajaram para conhecer o local onde Anália Franco morou em Resende e fizeram contato com mulheres que viveram na Associação criada por ela. Depois foram para Teresópolis e se "trancaram" por uma semana para escrever o livro. Trabalharam oito horas por dia, em uma conexão incrível. Passaram alguns meses depurando o texto, e o resultado é uma história ficcional fundamentada na biografia de uma mulher que jamais deveria ter ficado no anonimato por tantos anos.

eu nome é **Andrea Viviana Taubman**, sou escritora, tradutora, locutora e produtora de eventos literários. Comecei a publicar textos em 2009 e minha preferência é escrever sobre assuntos como perfeccionismo, luto, autismo, autoaceitação e abuso sexual na infância, tema que me leva a dar palestras em vários estados do Brasil sobre o uso da literatura como ferramenta para o enfrentamento dessa questão. Tenho 12 livros publicados, ocupo a cadeira nº 21 da Academia Teresopolitana de Letras, sou vice-presidente da Associação de Escritores e Ilustradores de Literatura Infantil e Juvenil, AEILIJ, e trabalho com oficina de leitura na ONG Espaço Logos. Para conhecer mais o meu trabalho, acesse: <www.andreavivianataubman.com.br>.

ou **Anna Claudia Ramos**, escritora, professora de oficinas literárias, graduada em Letras pela Pontifícia Universidade Católica, PUC, e mestre em Ciência da Literatura pela UFRJ. Comecei a publicar textos em 1992 e já recebi alguns prêmios nesse meio de caminho. Em 2018 completei o total de 80 livros publicados. Viajo dando palestras e oficinas sobre minha experiência com leitura, bibliotecas comunitárias e escolares, e como escritora especialista em literatura infantojuvenil. Participo de diversos projetos literários e de incentivo à leitura e das mais importantes feiras de livros do Brasil e do Exterior. Para conhecer mais o meu trabalho, acesse:<www.annaclaudiaramos.com.br>.

Carol Rossetti

Meu nome é Carol Rossetti, trabalho com ilustração, quadrinhos e *design* gráfico. Moro em Belo Horizonte e já lancei dois livros autorais: *Mulheres* (2015, Sextante) e *Cores* (2016, produção independente). Eu também atuo com arte comissionada, ilustrações de livros de outros autores, participo de eventos como TEDWomen e TEDx e atualmente sou co-curadora do Festival Internacional de Quadrinhos – FIQ. Em meu trabalho, tento sempre abordar questões relativas à representatividade, ao feminismo e à igualdade, por isso foi um prazer trabalhar neste projeto ilustrando um pouco da vida de Anália Franco. Meu desejo é que este livro promova uma reflexão sobre a escravatura e o modo como ela ainda impacta a vida de milhões de pessoas no Brasil.

Este livro foi composto com a família tipográfica
Chaparral Pro, para a Editora do Brasil, em maio de 2018.